# 李银河谈亲密关系

李银河

湖南文艺出版社　博集天卷

著

# 目 录

Contents

第5章　为什么要开展性教育

终　章　我们应当如何看待生命

# 序

　　说实话，在《李银河说爱情》那本书出版时，我是不大喜欢它的。不是因为主题和内容有什么不好，仅仅因为它使用的是口语而不是书面语。我出过很多书，有学术专著，有散文随笔，甚至有小说，所有的书都是经过精心构思然后一字一句写出来的，用的全都是书面语。而《李银河说爱情》却是由我在喜马拉雅上做的一档音频节目的逐字稿加工而成的，使用的完全是口语，就像讲演稿或采访稿合集。这与我的写作习惯太不一样了，以致我看着书里的文字觉得很陌生，觉得那不像是我的文字。的确，它们确实不是我的"文字"，而是我的"语言"，更确切的说法是"口语"。因为是讲话稿，所以除了第三人称叙述①，还大量使用了第一人称，比如"我想，我认为，我观察"；甚至会用到第二人称，比如"你如何如何"，这是完全口语化的写作方式，

---

① 这是一般学术专著的标准人称。后文如无特别标注，均为编者注。

拉近了讲者与听者、写者与读者的心理距离。

出乎意料的是，那书卖得特别好，比我花费更多心血写的学术专著要卖得好得多。我猜，原因有两个：一个是读者更容易接受口语化的文字，而不是书面语；另一个是一般读者更容易接受与他们的生活和经验有关的话题，而不是专业性很强的学术研究。

于是，又有了这本《李银河谈亲密关系》。它的内容是根据我为网络听众制作的几套音频节目加工整理而成的，其中包括爱情、婚姻、家庭等众多话题，有很多都是对网友提问的回答。每当参加线下讲演活动时，我都特别喜欢与读者对谈的环节。因为通过大家的提问，我可以知道人们的关注点在哪里，他们在生活中遇到的难题有哪些；我的专业知识中对他们有所帮助的部分是哪些；我可以在哪些事情上真正为人们答疑解惑，使自己的终身所学通过生动鲜活的话语抵达读者的心。

希望读者能够喜欢这本书。

李银河　于威海家中

2020 年 12 月 15 日

第 1 章

怎样才能遇见真爱

# 01
## 恋爱时除了颜值还应关注什么？

众所周知，人生而平等，可这仅仅指的是人格的平等。我们每一个人来到世间，没有谁比谁高贵，谁比谁低贱，但是有两件事是生来不平等的：一是颜值；二是智力。有的人天生丽质，有的人天生丑陋，多数人相貌平平。智力也是这样，有的人冰雪聪明，有的人天生愚钝，多数人智商在一百左右。自古以来就有郎才女貌一说，说明在颜值问题上，女人比男人压力更大。在男主外女主内的男权社会，"我负责赚钱养家，你负责貌美如花"。一个长相不行的男人，如果事业特别成功，就能弥补总体评价，得到加分。有好多大企业家、大政治家都长得其貌不扬：有的个子矮矮的，拿破仑并非伟丈夫，身高只有 1.68 米。所以，在颜值高低的问题上，女人比男人吃亏一点。

在交友时，在择偶时，在寻求并建立亲密关系时，颜值高的人肯定是更占优势的。他会得到更多的资源，机会也会更多。

有一位网友向我描述了身边的一位女性朋友：这个女友颜值很高，经常被男生追，交友不断，还拥有好多备胎。别人向她表明心迹，她不拒绝也不接受，就这么享受着。她说："不用白不用，是他们要追我，又不是我追他们。花他们的钱，坐他们的车，都是他们愿意。"她说："有免费车坐，有免费的人用，干吗不用？我就把这当作对男方的考验。"她说她不是没有拒绝过这些男孩，但是他们乐意追，她也没有办法。周围的朋友都感觉她的做法很不好。同时感觉这些男生很可怜，好好地、真心地去爱一个人，却被人当作免费的人力和备胎。俗话说男追女隔座山，在她这儿隔着的可不是一座普通的山，而是一座种满绿茶的茶山。

　　我觉得这个问题挺有意思的，这个女孩也很典型，她想的就是尽量地发挥自己的颜值优势，尽情地享受自己的青春。这个女孩的做法的确让人觉得不舒服，但其实也无可厚非，谁让她长得那么漂亮呢，谁让她有那么多的人来追呢？那些追她的人都是有自由意志的成年人，他们愿意追她，那她就要享受这个过程。但是说到底，这种做法还是有点缺德，还是重物质轻感情的做法。如果她是一个很看重感情的人，她就不会这样去利用别人，利用别人对她的爱、对她的仰慕、对她的追求，怀着占便宜的心理坐坐他的车，用用他的钱，享受他送的礼物。这个女人太不看重感情了，而且是在有意无意地耽误别人。给每个追她的人留一点希望，到最后又不和他们在一起，这实际上是在用颜值换取好处，我觉得这种做法是比较低俗的。

　　谈回这个向我提问的网友，她也许没有很好的家庭背景，也许相貌平平，没有多少资源，她的心里就非常不平衡。这的确要算是一种天然的不平等，虽说人原本生而平等。在颜值高低的问题上，人真的很无奈。

　　由此也可明白，为什么现在化妆业、美容业、整容业如此发达。大家都希望自己的颜值能够提高，以便获得更多的交友资源，提高自己在交友市场、婚姻市场上的价值。这也是个挺无奈的事情。

　　在交友的时候，颜值是不是应当"门当户对"？如果我们把颜值弄个十分制，一个人十分，另一个人九分，两个人分数比较接近，他们在一起相处就比较舒服、比较自然。如果一个人的颜值是十分，另一个人是五分，双方就会心理不适，进而导致心有不甘、心有旁骛。

　　还有一个网友对我讲了她遇到的困境。这个女孩说，她老公是个高富帅，而她长得比较胖，相貌平平。她追了老公很久，终于和他在一起了。但是相处一段时间后她发现，老公总是对她冷冰冰的，在公共场合也很少牵她的手。她很自卑，开始怀疑自己：是因为我长得难看吗？看看那些外貌出众的人，在恋爱中总是能够获得更高的待遇。不都说心灵美才是真的美吗？女孩感觉这句话在恋爱当中十分虚伪。她心里不舒服，对帅气的老公也很担心，担心他可能会去拈花惹草。老公在路上看一眼漂亮姑娘她都受不了。她会琢磨老公是不是嫌弃她长得不好看，长相不如他。如果两个人颜值相差无几，她在这方面的心理负担就会小得多。这个事例说明，如果两人的颜值相差比较大的话，就会有一方感到非常不舒服。

因此，从现实的角度看恋爱关系，男女双方的颜值等级不要差得太远，两人颜值差不多，谁也不要嫌弃谁。如果两人的颜值相差比较大，其中一方就会产生心理上的不平衡和精神负担。如果伴侣双方颜值相差比较大，就需要用其他因素来弥补，扬长避短。比如性格特别好，感情特别真挚，对配偶特别体贴、照顾，用其他方面的长来弥补颜值上的短，这样可以降低颜值差距带来的困窘。

我看过一部小说《高女人和她的矮丈夫》，不只是颜值，如果身高相差太大也会令人感到不舒服。旁人看着不舒服，当事人本人也会感到不舒服。总而言之，颜值相当的伴侣比较容易琴瑟和谐，差得远就会造成交往障碍，甚至会影响到两人的关系。

俗语说相由心生，还是有一点道理的，这个道理在于心理和生理的交互作用。比如一个经常做好事帮助他人的人，他平常听到的感谢和赞美就会比较多，他的心情就会比较愉悦。久而久之，他就会变得比较自信。因此，在两个颜值差不多的人当中，那个爱做好事因而心情比较好、气质比较好的人，就会显得更漂亮一些，这就是所谓的相由心生。有的人总做坏事，老算计别人，经常在发愁；或者是很残忍，老想着害人，他就会显得比较丑陋、难看。一个经典的例子就是《白雪公主》。白雪公主的后母原本是一个很漂亮的女人，她弄了一面镜子，整天对着它问："魔镜魔镜，我是不是天下最漂亮的女人？"她对白雪公主比她漂亮这件事总是耿耿于怀，出于嫉妒，她用一个毒苹果把白雪公主毒死了，因为她不能容下比她漂亮的人。她的颜值很高，但她的心如此歹毒、如此邪恶，这种邪恶显示到她的面相上，使原本的美变成了丑。

能带来情侣之间的吸引力的，除了颜值，还有这样几种因素：心灵、才华、性格。

第一个是心灵，如果两个相爱的人颜值差得比较多，但是他们的心灵特别投契，灵魂的契合度特别高，颜值就不会成为太大的障碍。这样的两个人完全有可能结合在一起，坠入情网。举个例子，我当初跟王小波谈恋爱的时候，就觉得他相当难看，可是后来觉得这个人太可爱了，跟我的心灵契合度特别高，就觉得颜值不再是障碍了。我在怀念他的文章里写过这样一句话：长得不美的人会不会有美好的爱情呢？答案是肯定的。

第二个就是才华，如果一个颜值不高的人是才华横溢的，那他也能够吸引到别人的爱。好多大作家、大音乐家、大画家都长得不好看，但他们的才华盖过了颜值的不足。有好多演员长得也并不是特别好看，但是特别会演戏，是老戏骨，往那儿一站浑身都是戏，这也能够弥补颜值的不足。记得我第一次看吴刚的表演时就觉得惊艳，但是这个"艳"说的不是他的颜值，而是他的表演。第一次注意到他是在一个谍战电影中，他扮演的角色是一个拷问专家，他知道怎么做能够让人疼到难以承受。在那个残酷的场景中，他竟然在微笑。他的表演让人觉得特别瘆人，同时给人留下极深的印象，简直是震撼。你会觉得这个人好可怕，觉得他真是一个好演员。这个例子告诉我们，有时候颜值并不是决定性的，才华更能展现出人的魅力，更加吸引人。

第三个就是性格。一个人长得不好看，但是他的性格特别可爱，比如特别爱笑、特别快乐、特别开朗，从他那儿你总能得到正面的情绪、愉悦的感觉。跟这种人谈恋爱的时候，他的颜值也是可以忽略的。

致使颜值差距较大的情侣相互吸引的，更多是可爱的灵魂、才华或者美好的性格。如果一个人特别看重外貌，那么很可能会忽略别人的心灵。记得有一阵流行一句台词：我很丑，但我很温柔。长得丑的人也不一定就不会被人爱上，这里就有心灵的因素在起作用。容颜会随着年龄的增长变丑，这是一个无法逃避的自然规律。当初的俊男美女，到老了全都会变丑，而且是不可避免地变得越来越丑。老人们站在一起，不要说美丑，连性别都快分不出来了。但是心灵却不会随着时间的变化而变丑，有些人的心灵甚至会变得越来越美。在那些注重修行的人中间，一生的修为会把灵魂修炼得非常美，竟至玲珑剔透。因此，那些恋爱时特别偏重外貌的人，随着时间的推移可能会变得失落；而颜值不高的人也不一定就不能得到美好的爱情。

# 02
## 找自己爱的人还是爱自己的人？

　　一些人找对象像是在撒网捕鱼，这种做法实际上就是海选。这是一个无奈的办法。能够从自己的生活圈、熟人圈里找到恋人，那当然是最自然、最便捷的结交恋人的途径。我为大家介绍一位西方学者，他叫邓巴，他通过统计的方法发现了一个"邓巴数字原理"：人的一生平均会有一百四十八个熟人、五十个一般朋友、五个密友。如果你能在这一百四十八人里找到自己的恋爱对象，那就用不着去海选了。但是如果你找不到呢？那就只好去到处撒网捕鱼了。这个时候你肯定会面临一个问题：谈恋爱的时候是找自己爱的人还是爱自己的人？

　　在恋爱的时候是选择爱你的人，还是你爱的人呢？如果选爱你的人，你会感到舒服，会甜多于苦；如果选你爱的人，你会比较辛苦，苦多于甜。一个爱你的人，他的条件不如你，他处于弱势，这个时候你们俩的关系对你来说就会比较舒服。他是追求你的，他处处把你捧在手心里，所以你会更多地在这个过程中感到甜蜜。可是如果你爱一个人，他并不是那么爱你，你爱他多，他爱你少，你在这个过程中就会感到苦涩。你就会常常问他："你到底爱不爱我？"而他呢，就是不愿给你一个肯定的答复。

　　在恋爱时常常都会出现这样的情况，如果他并没有爱上你或者不是特别爱你的话，他就说不出"爱"这个字来。于是你就很痛苦，会斤斤计较：他回信是不是晚了？他怎么隔了三个钟头才回信呢？他为什么没有秒回呢？这都是因为你爱他爱得多，他爱你爱得少。这是你爱的人，你爱得很辛苦，你在等待的时候就会想：他到底爱不爱我呀？他可能不是太在乎我。这时候你体会到的都是苦。这样的关系也有甜，但是苦多于甜。爱你的人，他往往可能是不如你的。他特别爱你，你对他，好像总有点不满意的感觉。可你要是跟他建立了长期关系的话，你的感觉是蛮舒服的。

无论是选择你更爱的人，还是更爱你的人，你都应该首先关注自己的心情，营造自己的形象。所谓"营造形象"包括两项内容：一是让自己的身体形象更加健康。可以通过美容化妆、减肥瘦身，让自己显得更吸引人、更有魅力。这样做既能令自己感到愉悦，也能吸引到更优秀的人；二是过自己想过的生活。比如热烈地投身于自己喜爱的事业，争取做到事业有成、财务自由。你塑造自身形象的成功将会使你在择偶市场上变得更有竞争力和吸引力。

# 03
## 怎样才能得到真爱？

到底是什么因素阻挠年轻人去谈恋爱？这首先是一个生活模式的选择问题。有两种生活模式供人选择：一种是以责任义务为主的生活模式，比如到岁数了就要结婚，生小孩，养小孩，这是一种模式。另外一种是以轻松快乐享受人生为主的生活模式。当然，养孩子也不见得没有快乐，孩子并不完全是负担、责任、麻烦，但养孩子肯定不是一个轻松的事。

这两种模式当中，一种是比较沉重的，要有责任感，要付出很多，要降低自己的生活水平。现在生养一个孩子要花费很多的金钱。另一种是比较轻松的，是一人吃饱全家不饿的模式，自己挣的钱可以按照自己的想法花，可以去酒吧或者去旅游，这是一种非常轻松的生活方式。现在很多年轻人不谈恋爱也不结婚。日本就有这样一种时尚，大家都宅起来。宅男宅女不谈恋爱，因为害怕谈恋爱之后要结婚，很麻烦。一旦结了婚，尤其是生了孩子以后，人一定会多出很多责任。现在很多年轻人选择了单身这种生活方式，实际上他们是在以责任为主的生活模式和以轻松愉快为主的生活模式里面，选择了后者。

当然，有不少人选择独居的原因是觉得自己还没有遇到真爱，还在等待真爱。那么，真爱到底存在不存在？什么样的感情能够被称作真爱？要遇到真爱，应该做哪些准备呢？

一说到真爱，大多数人就会想起电影、小说、文学作品里那些特别经典的浪漫爱情，比如说少年维特、安娜·卡列尼娜、罗密欧与朱丽叶，这些都是惊天地泣鬼神的浪漫爱情。少年维特最后自杀了，安娜在丧失了激情之爱之后去卧轨了。罗密欧和朱丽叶爱到那种程度，为了躲避家族的阻挠，朱丽叶先假装死掉，可是罗密欧以为她真死了就自杀了。假死的朱丽叶醒过来见到了已经死去的罗密欧，痛不欲生，殉情而死，酿成了一个阴差阳错的悲剧。人们以为所谓真爱就一定是这样的。其实不是这样的。文学艺术中描绘的那种特别浪漫的激情之爱发生的概率不是太高。在现实生活中大量发生的是那种双方互相感觉很好，自己很爱对方、对方也很爱自己的爱情，但并不一定会那么有戏剧性。不少人都曾经觉得自己找到了真爱，自己坠入了情网，自己对某人一见钟情了，在现实生活中，这种爱情发生的概率倒并不是很低。

这一论断是有调查数据作为依据的。在世纪之交，我在北京做过一个关于婚姻质量的随机抽样调查，当时问了大家这样几个问题，一个是你和配偶的感情是非常好、比较好、一般还是不好？选择了"非常好"这个选项的人占到样本的50%。我当时还真是挺意外的，这至少说明，有很多人是生活在爱情中的，他们的婚姻关系是有爱的。随后我还问了两个问题：你的配偶是不是非常爱你？你是不是非常爱你的配偶？这个选择题也分了几个选项，一个是非常爱，一个是比较爱，再者是一般和不爱。选择"配偶非常爱我""我非常爱配偶"的也是接近50%。这个调查结果证明，真爱还是存在的，感情很好的夫妻并不是像大家想的那么难碰到，遇见真爱的概率也不是大家以为的那么低。

每个人都期待真爱，遇到真爱需要哪些条件呢？我认为浪漫的激情之爱的发生有三个条件：第一个是肉体条件，比如说容貌啊、身材啊、年龄啊、健康啊这些因素。双方在身体欲望上的契合程度占三分之一。第二个是灵魂条件，其中包括性格、智商、情商和观念。双方在这些因素上的契合程度，也占三分之一。第三个条件是运气，这两个人恰好能够相遇相知相爱，这项也占三分之一。这是激情之爱发生的三个条件。

首先说说第一个条件。爱情并不一定仅仅发生在俊男美女之间。有时人们喜欢的是对方的某种样子，甚至仅仅是因为对方长得跟自己父母相似就爱上对方。人从小看惯了父母的样子，这种样子往往就是幻想中恋人的相貌，这种预期已经不知不觉地进入了人的潜意识。一旦见到这么个人，就会产生莫名的好感。身体的缺陷当然会妨碍人们之间相互吸引，除了恋残这样一种癖好，一般人面对身体缺陷都会有心理障碍。但是不同的人对某些身体缺陷的容忍度和敏感度也是有很大差异的。

比如说，对于长雀斑的脸，一些人会非常反感，另一些人却会觉得非常可爱，至少不觉得是什么大问题。人们在寻找恋人的时候，并不总是寻找美人，而是寻找跟自己相互匹配的人。在高矮胖瘦以及颜值的公允判断上都是这样的，这就是身体方面的契合。

其次说说第二个条件。爱情一定是发生在灵魂高度契合的两个人之间的，即便是一见钟情，也绝不仅仅是生理上的吸引，而是出于冥冥当中对彼此性格气质的喜爱。一个眼神、一个表情、一个凝视，能从中看到的不仅是对方的容貌身材这些外在因素，更是性格、气质一类的内在因素。如果两个人之间没有共鸣，两个人是在两个频道上，鸡同鸭讲，对牛弹琴，那就根本无从言爱。凡是爱上的，一定是惺惺相惜的，至少要达到知音的级别。有的人相信相异相吸，有的人相信相似相吸，但是无论两个人相同还是相异，总是要在一个频道上。如果两个人不在一个频道上，那就一切都免谈了，爱情就不可能发生。

爱情发生所需的让人最无奈的一个要素就是运气。无论这两个人在身体和灵魂上多么互相吸引，多么互相契合，如果这两个人根本无缘相见，都没有办法成就一桩爱情。有的时候两个人相遇了，但是没有机会相识，也就只能失之交臂。即使两个人相识了，但也不一定能相爱，由于各种现实的、世俗的原因，各种的不匹配，比如社会地位呀、婚姻状态呀、民族种族呀，甚至性别和性倾向的不匹配，都能够阻碍一桩爱情的实现。

在爱情的三个要素全部具备的时候，我们才会看见一桩爱情的发生。那就像美丽的烟花在空中绽放，照亮了黑暗的夜空；就像一朵小花在阳光下朴素但骄傲地开放，装点了沉闷的人生。

那么什么样的感情是值得坚持的呢？我把人的感情分为三个档次，最低的那个档次是好感，就是觉得这个人还不错，我对他有好感。高一个档次是喜欢，我喜欢他，他喜欢我。最高的档次就是激情之爱。两个人之间发生了浪漫的激情之爱，就是我们常常所说的 falling in love——坠入情网。

什么时候应该放弃一段感情呢？决策过程正好是反过来的：

在情感的最高层次，虽然并不是深爱对方，但还是喜欢对方的，就不必放弃。第二个层次，我都不能喜欢他，这个人身上没有任何东西是让我喜欢得不得了的，就可以考虑放弃。那么第三个层次就是已经没有好感了，我对对方连好感都没有，这就应当放手了。对对方不仅毫无好感，甚至都有厌恶感了，这样的关系就绝对要放弃了。

# 04
## 择偶一定要门当户对吗？

每个人都会有自己的择偶标准，它们可以被归纳为两大类：一类是物质标准，一类是情感标准。有人提出，对方要有房有车，这就是物质标准。还有人提出，我要求对方一定要爱我，至少要喜欢我，这是一种情感标准。于是当一位女性择偶时，在这两个维度上会呈现出四种类型。

第一种类型是最好的、最理想的：既有爱又有钱。一个高富帅，一个富二代，他很有钱，也很爱你。第二种类型是只有爱没有钱。他是正在奋斗、尚未成功的人，一个潜力股。女性择偶，常常遇到的一个两难的选择，就是到底该买绩优股还是该买潜力股。他非常爱你，但是他没有钱，他还处于财务不自由的阶段，这样的人你要不要选择呢？很多女人会选择有爱没钱的男人，虽然你没什么钱，但你只要爱我，我就会嫁给你。第三种类型是只有钱没有爱。有一个成功的老家伙，他有很多钱，但是他不爱你，你对他也没有感情。这种类型就又低了一个档次，这个女孩选择了嫁给钱而不是嫁给爱，这是第三等。当然最低的一等是既没钱也没爱，这样的关系是所有人避之唯恐不及的。

记得在做中国女性的情感生活研究时，有一个女孩对我说过这样一番话，上述分类法就是受了她的启发。她说："你知道现在人们恋爱时兴什么标准吗？那就是，你要么有钱，要么有爱，你不能两样都没有。如果两样都没有，我为什么要嫁给你？"我觉得这种想法是合情合理的。当然，我希望大家在恋爱过程中更多看重情感的因素，看轻经济的因素，宁肯嫁给有爱没钱的人，也不要去选择有钱没爱的人。

配偶的匹配度大概率来自双方所处的社会阶层，那么谈恋爱时要不要考虑对方的家庭背景呢？在择偶的过程中追求门当户对乍一听上去相当俗气，过于现实，一点都不浪漫，不讲感情，只看两家的物质条件。难道所有人都是这么俗气的吗？可是从社会统计的结果来看，最后终成眷属的，大多数都是门当户对的。难道说这些人的选择都很俗气、不浪漫吗？不是的，至少不可一概而论。

当代国人生活在一个阶层差异越来越明显、贫富分化越来越严重的社会中，一个人所处的阶层就是他的生活圈，是他从小到大的生活环境，这一环境对人的朋友圈、生活情调、审美标准、消费习惯以及世界观、人生观、价值观都会产生深刻的影响。毫不夸张地说，一个人的本质是被他的生活环境潜移默化地培养起来、塑造起来的。一个人喜欢听京剧还是喜欢看芭蕾，喜欢吃大蒜还是喜欢喝咖啡，都是由他所在的阶层决定的。如果两个人结了婚，一个天天听京剧，一个老想看芭蕾，你要让他去看芭蕾舞就跟害他似的，这样的两个人怎么能够和谐呢。再以打麻将为例，我发现知识分子家庭长大的人好多都不打麻将，也不会打麻将；而生长于工人家庭的人就几乎都会打麻将，而且爱打麻将。知识分子家庭的人爱看书，工人家庭出身的人不但不爱看书，有的连电影都不爱看。不同阶层的人的生活习惯、消费习惯、审美标准、生活情调都有差异，所以门当户对最终还是会成为大概率事件。最终成为伴侣、进入婚姻的，基本上还是来自同一阶层、生活圈子比较接近的人。当然会有越轨现象，一个意外惊喜，那就是发生了真正的激情之爱。这种浪漫的激情之爱往往是最不门当户对的：一个非常有钱的富二代爱上了一个灰姑娘，一个富家千金爱上了一个穷小子，当这种浪漫的激情之爱发生时，门当户对就被忽略了。

门当户对这一理念在经典的狭义定义上，就是指配偶双方来自同一社会阶层，从字面意义上说，就是"竹门对竹门，木门对木门"。在古代乡下，穷人家是竹门，富人家是木门。择偶时人们选择相似家庭背景的人做配偶，这是一种普遍的社会规律。最终的社会统计数据显示，门当户对确实是大概率事件。门当户对在经济条件、社会地位之外，还有生长环境的意义。如果婚配双方在生活趣味和价值观上相去甚远，就会产生诸多矛盾。因此可以说，选择与自己家庭背景相似、三观一致的人，是择偶的捷径。

## 05
## 恋爱需要仪式感吗？

　　有很多人问我，要不要向另一半坦白自己的恋爱史。我
的看法是：如果你想建立长期稳定的关系，想进入亲密关系
的理想状态，那最好还是坦白。因为最牢固的关系是没有秘
密的关系，任何被隐藏起来的秘密都是一颗定时炸弹，万一
它暴露了，就会炸毁你们的关系。你们俩都相约厮守终身了，
相约白头偕老了，你们已经打算建立一个一对一的长期关系
了，两个人好到这个程度还有些话不能讲或者不愿讲，这就
有潜在的问题。所以，我说理想的状态是向对方坦白各自的
恋爱史。坦白恋爱史大概率不会造成伤害的原因在于：我虽

然过去爱过别人，可我最后选了你，你是我最终的选择。所以你不必为我过去的恋爱史感到不悦，去嫉妒或者心里觉得别扭。

在两个人的恋爱中，除了忠诚坦白，恰到好处的甜言蜜语对感情的深入发展也有一定的作用。这里有两个要点：第一，你的甜言蜜语是不是发自内心的。如果你是发自内心的，肯定能促进恋爱。你如果真的被这个人吸引，觉得他很漂亮或者很聪明，这种甜言蜜语是你真心实意的赞赏，那肯定能够增加恋爱的甜蜜度。但如果你虚情假意，言过其实，刻意做作，这样的甜言蜜语就没有用，甚至会适得其反。第二，从心理学角度看，夸奖、赞赏、鼓励这类正面话语是会产生正面作用的。如果在谈恋爱的过程中，你始终对对方持一种特别欣赏、鼓励、赞赏的态度，总是给他正面的话语，不挑他的毛病，你们的关系就会发展得越来越好。人的关系归根结底是在话语中被建构起来的。

在你们寻求建立亲密关系的过程中，如果你让他听到、感觉到的都是"你好美，你好聪明，我好喜欢你……"，即使本来他没有那么美，也没有那么聪明，他也会真的变得更美、更聪明。早年美国的教育心理学家们做过这样一个心理学实验：他们在一个小学的几百名学生当中随机拟了一个一百二十人的名单，谎称这一百二十个孩子是天赋很高的孩子。他们并没有公开宣布，只是把这个名单秘密透露给了校方。多年之后，他们发现这些名列一百二十人名单里的人居然真变得比其他人更加优秀、更加成功。这里面就有夸奖的因素在起作用了。教师知道这个孩子在名单上，就会比较多地表扬他，比较多地培养他或者帮助他，总是给他正面的鼓励，结果这些孩子果然会变得比较优秀。在恋爱中也是如此，你经常说一些真心赞赏对方的话，能够提高他的自信心，提升他的表现，改善你们的关系。

人们都说，恋爱是需要仪式感的。仪式感指的是什么呢？就是送礼物呀，跪姿求婚呀，九百九十九朵玫瑰呀，各种别出心裁的创意表达。但归根结底，这种仪式不过是锦上添花，雪中送炭才是真爱。

我有个读者来信说，他和女朋友恋爱三年了，女朋友总是嫌他不会说好话哄她。男孩想，都在一起那么久了，有必要那么"虚伪"吗？他的女朋友还经常跟他说，她闺密的男友又给她送什么礼物了，情人节又送花到单位了。男孩觉得很尴尬，认为这些仪式都没有必要，浪费钱不说，在一起这么久了，他的性格就是这样的，觉得平时对她好一些就行了。女友说这些仪式都是恋爱里必须遵循的潜规则。男孩挺无奈的，心想谈个恋爱怎么那么麻烦。

这个女孩所说的潜规则，就是女孩的一些小虚荣，看重外在，不看内容。这表现为一种程式化的浪漫，送个小礼物啊，情人节表个态啊，安排一个惊喜，等等。在我看来，如果两个人是真心相爱的，就没有必要这样做。如果你内心有了实质的浪漫，就不需要表面的浪漫。

举个例子，我跟王小波的爱情够浪漫的是吧？我们俩爱得很热烈，我们之间发生了激情之爱。但是他一生从来没有送过我一次花。真的。从1977年我们初识到1997年他离世，在我们整整二十年的爱恋中，他从没送过我一束花。王小波这个人是浪漫到骨子里的。我觉得真心的、真实的恋爱，和真正的浪漫，都不需要做那种表面工夫。与其去追求浪漫的仪式，不如去找到一个真正爱你的人或你爱的人。仪式带来的浪漫与真正的浪漫情怀和真正的激情之爱相比永远是逊色的。

**06**

# 恋爱时要不要主动追求对方？

在恋爱时要不要主动追求对方？我认为，在一桩恋爱中，你主动追求对方，如果你最终得到了同等程度的回应，就是理想状态。如果你总也得不到对方，追不到对方，他的反应比较冷淡，不像你的情感这么强烈，那你就只好一直主动。如果你不一直保持主动的话，你们的关系也许就没有办法维持下去。如果你得到了对等甚至更强烈的回应的话，那你们的关系就会圆满。

一般来说，在一桩恋爱中，谁主动谁就先输了。只要你是主动追求者，对方就占了上风。恋爱关系是很有意思的，有时就像斗争关系，你强他就弱，你弱他就强。所以如果你是主动方，那你就处在了弱势地位。如果你一直处于弱势地位，一直是主动追求者，一旦你不再追求，关系就终结了，难以为继了。

有时主动追求可能演变成死缠烂打。死缠烂打的一方是低自尊的。我看到过一个这样的案例：一个女孩爱上了一个男孩，可这男孩根本不认识她，对她也无从爱起，她就死缠烂打，寻死觅活。这个女孩子就属于低自尊的类型。当对方对自己的爱没有回应的时候，一个有自尊心的人，会坚决退出，如此还能保留自己的自尊。我那么爱你，可是你一点都不爱我，那我就不要再继续这个关系了。这是一个有自尊心的人的正常反应。

明明对方已经表明不想要你，不喜欢你，你还是非要他不可，非追他不可，这就是低自尊的表现。死缠烂打的人已经干扰到对方的生活了。这样的人是错误地高估了自己的人。他本身的素质配不上人家，可是他以为他配得上。正如网络流行语所说："他看起来那么普通，却那么自信。"当然，对方没看上你，没有能够爱你，没有回应你的爱，并不一定是因为你的品质低下，也有可能是相对不匹配的原因，即你与他的预期不符。

那么可不可以主动去追求已有恋爱对象的人呢？这个人已经有了恋爱对象，你去追他，就把自己放在了第三者的位置上，跟去追有夫之妇或者有妇之夫相差无几，会引起的麻烦也是差不多的。唯一一种例外情况是，你追求的这个人处于开放关系中，他们尚未确定关系，或者并不约束对方保持一对一关系。这时候你去追求他，就算不上什么大错，你也不能算是一个真正的第三者。

## 07
# 为什么恋爱中女追男越来越多?

民间有这么一句涉及恋爱心理的俗语:男追女隔座山,女追男隔层纱。那么在恋爱中究竟是男追女好些还是女追男好些呢?一般人对这个问题的印象是,如果这一对是男追女的话,会显得比较自然;如果是女追男的话,会显得比较反常。可按照那句俗语说的看,似乎男追女成功率很低,女追男成功率会比较高。

多年前我在北京市的一个中学做了一次青春期恋爱的调查,当时学校的老师就跟我说过类似的话:"男生追女生久攻不克,女生追男生一拍即合。"他这个意思也是说男生去追女生的话是比较难以成功的，而女生追男生就很容易成功。老师平时接触大量少年少女的青春期恋爱问题，这显然是经验之谈。

记得有一次看费翔的一个访谈节目，主持人问费翔："你想要什么样的女孩啊？你最想得到的伴侣是什么样呢？"费翔说："那一定是我去追她的。"他的回答给我留下挺深的印象。它表明，在现实生活中，男的追女的确实显得比较自然、比较顺溜。可是人们为什么会觉得男的追女的是很难的，就像隔了座山；女的追男的比较容易，只是隔层纱呢？

我想，这其实讲的是两件事：从恋爱心理上来说，男追女是更加顺理成章的。可是从成功率来说，男追女不容易成功，女追男就比较容易成功。在男女择偶行为规范和恋爱心理中，男生应当是攻方，女生应当是守方；男人应当不顾一切地发起攻击，女人应当推三阻四、故作矜持。如果女人不再被动拒守，反而主动进攻，就证明她已经同意了、投降了，所以事情就成功了。

那么为什么现在出现了女孩在恋爱中主动追求男生的现象呢？我认为宏观背景就是性别关系正在趋向于男女平等。

在男权社会中，男性处于强势低位，女性处于弱势地位。在这种社会背景下，人们会觉得应当是男追女，有点男性屈尊俯就的意味。女性则应当矜持一些，待字闺中等待男性的邀约。如果本来就处于卑贱地位，再主动出击，主动奉献，岂不显得太贱了？现在两性越来越平等，性别关系和求偶心理就发生了微妙的改变。我是在20世纪50年代出生的，我们成长的环境里就很少能感觉到男尊女卑，考试全凭分数，女生分数高就把男生比下去，哪里有什么男尊女卑？男女的社会地位越平等，求偶的模式也就越平等，这是宏观背景。人们的恋爱心理比起传统男权社会也有改变。现代女性不再像传统女性那样，支持男主外女主内，认为自己应该在家里相夫教子，俯首帖耳。她们也不再是那种娇娇弱弱，待字闺中，等着男人来挑选的被动的人了。

总之，只有男追女没有女追男是传统男权制社会的秩序决定的。现在我们已经进入了一个男女两性越来越平等的社会，男女接受教育的程度差不多，工作能力差不多，收入也差不多，于是就出现了既有男追女又有女追男的求偶新规则、新现象。这就是现在女性大胆主动地去追男人的风气能够兴起的原因。

# 08
# 如何对待前任?

我有一个朋友,他离婚了。我替他难过,问他:"你现在是不是很痛苦?"他的回答是,一别两宽,各生欢喜。很多分手的情侣或离婚的夫妻,都能够在分手后做到心平气和地面对对方,甚至还能继续和对方做朋友。其实这是人际关系最理想的境界:虽然我们不适合在一起生活,我们分手了,但是我祝福你,我们还可以做朋友。不一定所有离婚、分手的人就都会成为仇人。在这个问题上应该采取这种豁达的态度,不要小肚鸡肠、斤斤计较,不要用敌对的态度对待前任。

我们也没有必要拿现任跟前任做比较。前任属于一段已经结束的关系。无论你曾经多么爱他，或者他曾经多么爱你，无论他多么优秀，多么出类拔萃，他都已经跟你无关了。现任是你新的选择，是你生活中崭新的一页。没有必要拿他跟前任比来比去。拿现任与前任比较，给自己带来的心情全都是负面的。因为你与前任的关系是一个失败的关系，失败总会留下一些痛苦的印象和回忆。有两种情况，一种是前任比现任优秀，一种是现任比前任优秀。前任或许非常优秀，可惜他不能爱你或不再爱你。你总是拿现任跟前任比，觉得现任不如前任优秀，你岂不更加痛苦？如果现任比前任优秀，那就更加不必比较。前任非常糟糕，是个渣男或者渣女。你现在已经摆脱了他，你的心已经转移到了现任的身上，也就不必去比较了。当然在后一种情况下你的比较也许会很解气，你想，我幸亏没跟他好，不然我哪儿会有现任这么好的朋友啊。这样的比较也许不会使你受到伤害，但与其拿二者比来比去，不如好好享受你与现任的快乐和幸福。

## 09
## 需要为对方改变自己吗？

现在出现了一种新的行当，叫PUA[①]，就是有人专门教人如何去交朋友、找对象。一开始他们教的是社交技巧，后来这些技巧就沦为快速寻找伴侣的工具了。在这个行当出现的早期，它对于那些社交能力特别差的人来说还是有点正面功能的：我怎么开始一段恋爱？我怎么去发展恋爱关系？有些人根本就不知道怎么去建立亲密关系，他一点都不会。PUA一开始就像那些速成班或者短期课程，人可以去恶补一下社交技能。但它并不是学习社交的唯一途径，人完全可以用其他办法解决这个问

① Pick-up Artist，直译恋爱专家。

题。可以去读书、去自学，有自学能力的人就没必要寻求他们的帮助。但是既然社会上有这样的需求，那就一定会有供给。就因为有些人的确存在社交困难、社交能力缺失的问题，PUA才产生并发展起来了。

记得有个特别有趣的例子，多年前在香港地区有一批时尚达人组建了一个速成班，帮初出茅庐的社交新手提供咨询、设计和策略指导，比如去交友的时候应该穿什么样的衣服啊，行为举止有哪些小窍门啊，帮人设计一下，提高成功率。对那些没有自学能力的人来说，别人帮你来设计一下，指导一下，训练一下，教给你一些基本的交友常识，这类培训还是有点正面功能的。

在我看来，最好的恋爱训练课是什么呢？是古典和现代的文学名著。世界上所有的文学作品都在写爱情。爱情是文学作品永恒的主题，罗密欧与朱丽叶、安娜·卡列尼娜、少年维特……所有的男女主人公都爱得死去活来。如果你要知道什么是恋爱，怎样去恋爱，你在恋爱中应当期待什么，怎样才能陷入一场轰轰烈烈的恋爱，那么你应当去看这些小说。我觉得这可能比训练班略胜一筹，因为它同时是一种灵魂的启蒙，也是可以让你不花钱就自学成才的方式。

有很多人在恋爱时都会遭遇一个令人烦恼的问题，那就是要不要特意去改变自己，要不要因为对方的喜好去改变自己，要不要压抑自我以适应对方。这个问题非常值得重视：你应当不应当因为爱一个人就去改变自己？要不要为了他压抑自己的本性，隐匿自己心里的一些欲望，按照他的要求去改变自己？在我看来，答案是否定的。真正最好的恋爱、最理想的恋爱一定不是去强行压抑自己，而是要坦然地做自己。你要做自己，按照自己的本色生活，你是自我实现的，而不是需要改变自己、压抑自己的欲望。关于这个问题，有一个最典型的例子就是如何看待自己的性取向。我们常常见到有些性少数人群要像所谓的"正常人"那样去结婚，而要做成这件事他就非要压抑自己的性取向不可。完全不能暴露自己内心的真实欲望，不能坦然地做自己，那他能真心地感到快乐和幸福吗？这当然是比较极端的例子。对寻常伴侣来说，当自己想做的事不符合对方的要求时，是否应当去改变自己呢？

　　我认为，一个好的恋爱不应逼迫一方改变自我。一个好的恋爱所建立起来的亲密关系，应当允许双方都坦然地做自己，所有的本性、所有的欲望、所有的本色都能够得到自由的表达。就是说，虽然恋爱了，结婚了，可还是一个自由人。马斯洛的"需求五层次"里面人类需求的最高层次就是自我实现嘛。我的自我就是这样的，如果你不喜欢我这个样子，为了能够适应你的要求，我不得不改变自己、压抑自己，我的自我不能实现，那我就不再是一个自由人了。我觉得这种恋爱好不了、长不了，是不自然的，也是不会幸福、不会快乐的。

　　理想的亲密关系是这样的：我们两个人愿意在一起，虽然表面上看，我们的关系是一种归属、一种约束，但是这种约束和归属符合我的自由意愿，我是自愿进入的，没有感觉到违背内心愿望的压抑和束缚。因此，好的恋爱关系既是受约束的又是自由的。总之，如果你建立的这个亲密关系是需要压抑自我的，那么这个关系就不会为你带来快乐，就不会是一个高质量的关系；如果你在这个关系里，感觉是自由的，是自我实现的，这个关系就能为你带来快乐，这才是一个健康的、美好的关系。

第 2 章

如何建立健康的
情感关系

## 01
## 恋爱中要经济独立吗？

在恋爱中，免不了会有一些花费，比如去餐馆、送礼物。我在家庭关系调查中发现，不要说在恋爱阶段，有少数夫妻都是实行 AA 制的。当然这种情况比较少见，一般的夫妻都不会这样。这些实行 AA 制的夫妻会各自掌管自己的工资，共同负担家里的消费。比如你买一百元钱的东西送给我，我也买一个价格相仿的东西作为回礼。在恋爱过程中，关系还没有确定，大家还都处在双向选择的过程中。在这种情况下，采取 AA 制是合理的，也是可以顺利实行的。

但是这种交往模式似乎有点不符合社会习俗，因为我们的社会长期以来是一个男权社会，是男强女弱、男主女从的社会，因此沿袭下来的社会习俗和社会心理隐隐地要求，所有的恋爱花销都应由男方承担。在谈恋爱的过程中，男人要追求一个女人，人们会觉得他花钱是理所当然的。

有一些恋爱中的女人，她与对象还没有建立一对一关系，心目中同时还有另外的人选。在她没有最后确定恋爱对象时，脚踩两只船，脚踩三只船，都是可以理解的，也是无可厚非的，因为她还在选择的过程中。当一个人搞了备胎时，当她对目前的恋爱对象还没有把握、没有信心时，她在花对方的钱时就更应慎重。从合乎道德的角度讲，想搞备胎的人应当让备胎知道他只是个备胎。如果长期欺骗对方，耽误一个真心喜欢你的人，是挺不道德的做法。你应当明确告诉备胎，你另有所爱。不要欺骗人家的感情，让对方以为你一心一意地爱上了他，让他一直在那儿投入感情等着你。直到要结婚时你才告诉他，你是备胎，我爱的是别人，这样对人岂不伤害太大？

在恋爱当中，最佳模式是经济上相互独立。如果在恋爱时女方就开始花男方的钱，这是有问题的。因为一对一关系尚未确定，万一分手怎么办？在恋爱当中，把对方的钱当自己的钱，这样的做法是不可取的。你们还没有成为一个经济共同体，你就这样去花对方的钱，有占便宜之嫌。恋爱中的人们，只要还没结婚，就还是有可能分手的。两个人最后分手时，这些钱大都要不回来了。所以这样大肆花费对方的钱财是不合适的。

对于在恋爱中一方大肆花费对方钱财的做法，我有两个看法：一是这种做法为两人的恋爱过程增加了太多的经济因素，损害了情感的交流。两个人在双向选择的过程中，主要的内容是情感的沟通，看两个人合不合适，不应让那么多的金钱因素掺杂其中。另一个看法是，这种做法是比较俗气的，似乎想占他人便宜。更糟糕的是共同买了房子但房本上只写了一个人的名字，你俩共同买了房子后关系解体了，两个人分手了，房子的归属就成了很大的麻烦。所以在恋爱过程中，经济应是相互独立的。不应当在恋爱过程中牵涉过多的财产问题，尤其不应涉及大宗财物，这样可以避免分手后的麻烦。

现在，男女两性的社会地位越来越平等。在男女双方都有收入、社会地位差不多的情况下，恋爱中的 AA 制是可行的，而且可行性会越来越高。

## 02
## 如何建立健康的情感关系？

所谓健康的情感关系具有哪些特征呢？我归纳了健康情感关系的五个要素：第一个是全无芥蒂，可以无话不谈；第二个是满怀善意，绝不伤害；第三个是灵魂投契，同忧同喜；第四个是互相喜爱，相互欣赏；第五个是顶级的美好关系，即发生了激情之爱。

首先，双方应该完全信任彼此。两个人在一起可以谈论所有的话题，可以发表所有的观点，可以互相告知所有的秘密，不会引起对方大惊小怪，即使对方一时不能理解，也应直言相告。也就是说，这样的关系中基本上没有什么秘密，不用在对方面前戴上面具，可以把自己的缺点、过失、烦恼、挫折全都倾吐给对方，就像那个树洞比喻。你们双方都可以成为对方的树洞。所谓树洞有两层含义，一个是可以倾诉一切，可以彻底宣泄；第二个含义是可以放心，你的倾诉不会被他人知晓，对方会为你保密。这是美好关系的第一个要素。

美好关系的第二个要素：要对对方满怀善意，即使有时候会羡慕嫉妒，但是绝对不会恨。人们常说"羡慕嫉妒恨"，可你要是恨了，就不会拥有美好关系。有的时候你会觉得你的恋人特别优秀，你会羡慕他，甚至嫉妒他。但由于双方都是满怀善意的，所以无论如何不愿意伤害对方，无论是身体的伤害还是精神的伤害，都是不能容忍的，也是不能施加的。这是美好关系的第二个要素。

第三个要素是灵魂关系的高度契合，双方有相同的三观和审美，而且还是知音，在文学、艺术、哲学上的看法吻合度都很高。虽然在一些细节的审美上有差异，但是无伤大雅，双方可以做到求同存异，这是美好关系的第三个要素。

有个读者向我倾诉，她和男友恋爱三年，男友的外貌条件不够好，经济水平也一般。他主动追求她，最后她招架不住，只好同意了。这个女孩看上男友的原因只是他对她很用心，很会照顾人。开始的两年一直都很甜蜜，但是从第三年开始，女孩明显感觉到男友没有那么在乎她了。生日会忘记，二人世界时也是玩手机，没有情侣间的互动。她让男友陪她逛街，男友就各种理由说累，刚恋爱追求她的温柔体贴全都消失不见了。这让女孩很没有安全感，她十分讨厌男友这种态度。

我看了她的描述之后明显感觉到两个问题：一个是这两个人灵魂契合度不够高，他在一开始追求她的时候做出的种种温柔体贴都是比较刻意的。两个人熟悉之后，说得难听点，当这个女人已经到手之后，他就不用再假装了，不用再刻意努力了，他的本性就暴露出来了。第二个问题是他们之间的关系没有保鲜，一开始恋爱的时候，可能有新鲜感，有干柴烈火的感觉。后来的关系没有两个人的互相经营，就很难保鲜，很容易出现"七年之痒"的问题。通常的七年之痒在他俩的关系中已经缩短到三年，才三年就觉得平淡了、厌倦了。如果要想保持恋爱关系的新鲜度，双方应多经营、多做努力。

　　美好关系的第四个要素就是双方要互相喜爱，互相欣赏。无论在精神上还是肉体上，对对方都有由衷的喜爱和欣赏，常常能够对对方发出来自内心深处真正的赞赏，而不是为了维持关系而说出言不由衷的夸奖和虚假的甜言蜜语。

　　美好关系当中最特殊、顶级的当然非激情之爱莫属，这同时也是第五个要素。浪漫的激情之爱一旦发生在凡人之中，这两个人就好像有了神性，至少是受到了神启，灵魂飞升，肉体愉悦，会体验到身心灵的升华，仿佛他们从平庸琐碎的日常生活中拔地而起，一飞冲天，这种感觉正是俗世当中绝无仅有的美好。其实这种美好的感情关系应当就是邓巴数字原则当中的密友关系，根据邓巴的统计研究，一个人的密友大概只有五个。然而，这五个人能够为人带来的快乐却能够超过其他人的总和。

## 03
## 与伴侣沟通有什么技巧？

情侣之间，有些事情是能够分出对错的，有些事情是没有对错的。例如欺骗、背叛、出轨，这些行为显然是错的。此类事情一旦发生，对没有犯错的一方来说就是伤害。另外一些事情却是没有对错的。例如他爱吃萝卜，她爱吃白菜，萝卜白菜各有所爱。在很多家庭琐事上，各种生活细节上，柴米油盐的问题上，往往是没有对错的。两个人吵架了，也不一定能够分出谁对谁错，清官难断家务事嘛。有些情侣之间的口角不一定能够分出对错来。

在发生冲突时，情侣之间的幽默感就显得至关重要了。幽默感偶尔还会给彼此带来惊喜。我记得在美国上学的时候，看到一个美国人择偶标准的排序，发现第一条竟然是幽默感，不像我们中国人看重的那些因素多为性格、健康、相貌、身材、社会地位、收入、有无恶习，等等。在各种择偶标准的排序上，他们把幽默感放在首位。所谓幽默感到底是什么呢？它并不是要贫嘴，而是面对现实生活困境时，能够积极地化解超脱的一种态度。比如说两个人缺钱，想买一个东西却买不起，这时那男人或女人开个玩笑，用幽默来化解他们的困境。幽默感在维系亲密关系方面是非常有效的。我们常常看到两个非常好的人因一点小事吵架，吵到让人觉得日子没法往下过的程度。旁观者知道，这两个人都是很好的人，但是他们太较真了，全都缺少幽默感。正因为他们缺少幽默感，才会吵成那个样子。如果两个人发生冲突时，有一方比较有幽默感的话，一个玩笑就可以化解矛盾，让冲突烟消云散。所以幽默感在伴侣的相处中是非常重要的。

此外，在一段恋情当中，应该为对方保留一些个人的空间。理想的恋爱状态应当是无话不谈的，也就是没有任何秘密的。但是对于那些不影响两人关系的交往应当允许，给对方留一点空间。很多人常常纠结这样一个问题：这个世界上，异性之间到底能不能成为朋友？难道只要是异性就很危险，就一定是第三者或潜在的第三者？其实真的不是。在恋爱关系中，某人有一位异性朋友，他的存在并没有影响到你们的关系和你们的生活，这是完全有可能的。你应当给对方一点点空间，让他去满足交友的欲望。因为人在这个世界上生活，会有很多种关系，除了爱情，还会有友情。如果由于两个人恋爱了，一方所有的友情另一方都不能容忍，这样就太过褊狭了，把对方管得太死了。你应该给对方留下一点正常的、不会伤害到你们关系的空间，让他去自由地和朋友交往。

有这样一位女性网友说，她和男朋友恋爱几年了，他从来不在朋友圈秀恩爱，更不会发两人的合照。男孩说那样太做作了，喜欢一个人和发不发朋友圈没有关系，但女孩就很在乎官宣。女孩会想，他连朋友圈都不发，是真的爱我吗？他想背着我撩别的女生吗？这件事在女孩心中缠绕了很久，她经常心里犯嘀咕，很不舒服，又不知该怎么对男友说。她担心自己说了会让对方感觉自己在没事找事，无理取闹。

这件事情有两种可能：一种可能，是男孩其实是真爱女孩的，但他真的觉得没必要。另外也有一种可能，就是他还没有在心里把两人的关系真正确定下来，所以他不想发。那么到底是哪种可能就要靠女孩自行判断了。判断他到底爱你到什么程度，是他认为已经非常爱你觉得没必要发，还是他根本没有确定两个人的关系。

在社交账号上公布自己的恋情与否，应当是随意的，与道德无涉的。不可以说公开就是好的、对的，不公开就是不好的、不对的。有很多影星由于怕失去粉丝，不愿意公开恋情；甚至有的人还隐婚，已经结婚了都不愿意公布。对一般人来说，没有此类动机，可以采取随意的态度，想公开就公开，不想公开就不公开，这是一个与道德对错无关的事情。

除此之外，伴侣间不要吝惜赞美。好孩子是夸出来的，好伴侣也是夸出来的。有一些人缺乏自信，甚至有点自卑，这也会导致负面情绪出现。比如你的伴侣学历比较低，但是他唱歌唱得特别好，你就可以扬长避短，各种赞美。只要是符合他实际情况的，都会有正面效果，可以促进你们的关系。就像对孩子，你从他小的时候就夸他聪明、漂亮，那孩子慢慢就会越来越自信，也就真的会变得更聪明。对伴侣也是同样的道理，你多表扬他，多给他正面的鼓励信息，他就会越来越自信，你们的关系也会越来越融洽。

## 04
## 情感因素有多么重要?

　　大家都看过《泰坦尼克号》，这个电影是一个非常成功的、典型的好莱坞电影，电影插曲传播到世界各地，非常好听。我有一张碟，碟里有这首歌的十来种唱法，由不同的人唱，用不同的乐器伴奏，让人百听不厌。这个故事其实挺俗套的，爱侣来自不同的社会阶层，男孩是一个穷人，但是个艺术家；女孩是一个上流社会的富家女，父母想把她安排给一个富二代，但是她很讨厌那个人。这时候穷小子出现了，两人坠入爱河，最后这个男孩为了救她，牺牲了自己的生命。

　　大家可能已经注意到了，西方的很多小说、文学、艺术、电影都在讴歌爱情，比如小说《简爱》，写的也是跨越阶层的爱情。可以说，爱情是世界文学作品永恒的主题。《安娜·卡列尼娜》《少年维特之烦恼》《罗密欧与朱丽叶》都在讴歌爱情，爱情是那么美好，是那么与众不同。

爱情故事中都有亲密关系当中必然发生的性关系，很多世界名著，像大卫·劳伦斯的《查泰莱夫人的情人》、乔伊斯的《尤利西斯》、亨利·米勒的《北回归线》里面都大量地写到性，那么爱和性究竟是什么关系？有两种对立的观点：一种观点是爱和性一定要连在一起；另一种观点是爱和性是可以分开的。这两种观点的争论旷日持久，其中还涉及性别分析，比如说男人可以容忍跟爱分开的性，女人就不行，女人是一定要有爱才有性的。

在世界上发生的大量性关系中，一种是与爱分开的性，另一种是与爱相连的性。一般人应该如何看待这两种模式？应该选择哪一种模式？

哲学家罗素写过一本《婚姻革命》，他对这个问题做了一点分析。他认为，与爱分开的性，在一场欢愉过后，会让人感觉到一片空虚；只有与爱相连的性，才是真正快乐的，才是真正美好的，才是高质量的。

我赞同罗素的看法。在人类所有的亲密关系模式当中，既有爱又有性的模式是最好的，与有性无爱或者有爱无性的模式相比，这是更加美好、质量更高的一种模式。但是在现实生活当中，确实存在着大量与爱分开的性。其中比较典型的如一夜情、约炮、性交易，这些性活动与爱完全无关，却也大量存在，人们求爱不得而求其次。人有了性的需求，但是找不到与有感情的人发生性关系的机会，只好退而求其次，去找没有感情的性，即一夜情或者性交易。

在与爱分开的性活动上，还有一个容易被人们忽略的情况——无爱的夫妻。在实际发生的一百次的性行为中，到底有多少次是有爱的，多少次是没爱的？人们忽略了这个巨大的群体，即那些并非因爱结婚的人。他们虽然是夫妻，但是没有爱，他们之间的性活动只是为了满足生理需求，或者是为了生孩子，为了传宗接代，为了其他的目的。这种情况是大量存在的。严格来说，这个人群的婚姻也应当归入爱和性分开的模式中去。

我国从 20 世纪 50 年代才开始倡导婚前恋爱，在中国的传统婚姻里，爱情一直被放在非常不重要的地位。传统婚姻很多都是父母之命，媒妁之言，盛行买卖婚姻、包办婚姻。在婚礼之前，在揭开盖头之前，丈夫连妻子长什么样子都不知道，两个人根本不认识，爱情从何谈起？ 1950 年，新中国成立以后出台的第一个法律就是《婚姻法》，从此中国人的婚姻才开始注重情感因素，婚姻中的性才与爱联系在一起。《婚姻法》就是反对买卖婚姻、包办婚姻，主张结婚自由、离婚自由和自由恋爱。从那时开始，中国人亲密关系的建立才开始注重个人的情感因素，在结婚之前要谈半年、一年、两年的恋爱成为普遍的社会现象。

在我的婚姻研究中，婚前性行为的发生率是社会习俗变迁的一个重大指标。中国古老的传统婚姻是坚决杜绝婚前性接触的。不必说婚前性行为，就连拉手、接吻、爱抚、拥抱也是不允许的，行为规范是"男女授受不亲"。孟子很纠结地谈论过一个比较极端的情况：嫂子要是掉到河里的话，小叔该不该去把她拉上来？你要一拉手，就违反了男女授受不亲的行为规范，可你要是因为不能碰她而不去伸手拉她，她就有可能淹死，如何是好呢？孟子提出了"从权"的解决方案，即在这种人命关天的紧急情况下，你可以破一下戒，先把她拉起来，免得她死掉。由这个讨论可以看出，在传统社会，婚前男女的身体接触是多么严肃而又严重的事情。

中国进入现代社会之后，感情因素在婚姻里才开始变得重要，爱情在人们结婚的理由中所占的分量也越来越重。每个人在结婚前都要谈谈恋爱：我喜不喜欢这个人，这个人喜欢不喜欢我？人们开始尝试先去爱上一个人，再与他结婚。尤其是到后来，受过好莱坞电影熏陶的一代年轻人，更向往轰轰烈烈的爱情，婚前性行为的发生率也大大提高了。

**05**

## "女大三"的婚姻能幸福吗？

　　女大男小的婚姻近年来开始进入社会的视野。常见的婚姻模式大都是同龄模式，所谓同龄是指夫妻年龄差在三岁以内，比如说一方比另一方大三个月、大半年、大一两年，这就基本上算同龄人。夫妻年龄差很大是一种比较罕见的现象。这种情况中，多为男大女小，男人大个十岁左右，大家就都感觉正常。而女大男小的情况就比较少见了。

　　同属罕见情况，为什么人们对男大女小就能接受，对男小女大就看不顺眼呢？究其原因，应当与全世界都长期处在男权社会中有关，与社会潜在的男权心理有关。世界上所有的社会都曾经是男权社会，男人在社会中占据了比较高的地位，在政治、经济、文化等方面，都是男高女低的、男主女从的、男尊女卑的。在这种性别秩序之中，男大女小这种伴侣关系就比较符合社会心理的预期。尤其在男子气概这个问题上，男大女小的伴侣关系就不会受到任何质疑，会觉得它一点都没有损害到男子气概。可要是女大男小，就会有种种负面评价了，就会出现"吃软饭"之类的议论。

为什么女大男小的伴侣关系会遭受那么大的社会压力？原因还要到社会的性别结构中去找。由于男权社会一向是男强女弱的，女大男小的伴侣关系显得有悖常理。但是，正是这种两性关系模式的出现，明显地揭示了女性社会地位提升的事实。一些女性掌握了比男性更多的资源，可以随心所欲地去找比自己年轻的男人，去找那些富有男性魅力的男人。在这种亲密模式中，有的男性浑身肌肉，特别性感、特别具有攻击性，有的男性则温柔甜蜜。以这样的男人作为择偶目标的女人，往往都是地位比较高、岁数比较大的女人。

记得有一次我去参加一个女企业家协会举办的活动，与会者都是大企业的 CEO。会后就有女企业家跑来跟我诉说自己的婚姻问题。她很犯愁，说没有男人敢接受她，她很难找朋友，这该如何是好？因为中国的传统婚姻模式和择偶模式都是女的往上找，男的往下找，女人要找比自己优秀的男人。可是这些女企业家都是最优秀的女人，找不到比她们更优秀的男人。我们把这种现象叫作"甲女丁男"现象，即在择偶市场上，甲男找乙女，乙男找丙女，丙男找丁女，最后剩下来的就是甲女、丁男。这些甲女都是特别优秀的女人，她们该找什么样的人呢？会后女企业家杂志社的记者就采访我：这些女人事业很成功，她们的婚姻可怎么办呢？当时社会上刚好流行起欣赏年轻帅气的男性的风气，我就说，你们可以去找年轻一些、帅气一些的男性嘛。你现在已经财务自由了，你可以随心所欲了，你选择的余地很大，你不一定要往上找了，你已经是 A 女了，还到哪里去找一个 A+ 男啊。再说，甲男都去找乙女了，把你们这些甲女剩下来了。你们怎么办？可以往下找嘛。过了一年，又一次见到这些女企业家，其中一位很兴奋地跟我说："你上次杂志采访说找年轻男人的话，在我们圈子里都传疯了。大家忽然明白，我是自由人了，我现在已经财务自由了，我的精神也要自由，我择偶也要自由，我可以找年轻一些的男人，可以降格以求。"其实都不一定是降格以求，这些男人只是经济资本上不如你，或者是学历不如你，或者是成功的程度上不如你，但是人家也有优势。他是一个非常漂亮、非常性感的人，有些年轻男人很懂感情，很温柔，很体贴；有的年轻男人特别性感，男子气十足，他们都是很优秀的。我觉得这个现象真是非常非常有意思。

男女平等的秩序在正在成为现实，在中国也会慢慢成为现实，对女性来说这可真是一个令人欢欣鼓舞的局面。

## 06
## 情侣吵架越吵越甜？

对于夫妻吵架早就有一种经典的说法：夫妻吵架是生活中的盐。为什么这么说？夫妻不吵架，关系就显得平淡无味，吵架就像汤里放了盐，有滋有味。这是对夫妻吵架的一种解读。此外，在吵架的过程中，双方可以了解对方的真实想法、真实性格，因为这是他真相泄露的时刻。因此，吵架并不一定就是坏事。

然而，情侣间还是应当尽量避免吵架。无论如何，吵架终归会造成伤害，两个人怒目相向，脸红脖子粗，甚至会动手，对关系当然会有伤害，所以要尽量避免。一旦吵架发生，双方就都要往和好努力，不要让它变成关系解体的导火索。所以该让步的让步，该和解的和解，该道歉的道歉。这才是解决问题的方法。

为了解决问题，伴侣间可以事先做一些约定，比如问题不过夜，如果问题不能及时解决，就可能成为关系解体的导火索。有句俗话说，夫妻"床头打架床尾和"。每次冲突都不让它过夜，当晚就把它解决，两个人把事情摆在桌面上，开诚布公，如此就能够化解矛盾，使得关系恢复正常。

吵架后的冷战是最有可能导致关系破裂的一种做法。吵架之后谁也不理谁，一星期、一个月甚至好几个月谁都不理谁。这种冷战等于关闭了沟通的渠道。只有主动打破冷战的局面，主动跟对方沟通，才能使关系延续。冷战最终能够表达的就是对对方的厌恶，对对方的冷淡，对对方的不原谅。不管对方有多大的错，你的态度都是不沟通：我就是恨你，就是厌恶你，就是冷淡你，看你怎么办？最后怎样呢？最后两人的关系就会破裂。所以冷战是最要不得的，是最可能导致关系破裂的。你如果不停止冷战，开始沟通，那么你们的关系就非常危险了。

其实很多伴侣吵架，涉及的都不是什么原则问题，没有什么令两人的关系完全无法维持下去的大矛盾。夫妻关系确实出了问题的情况也是有的，不然离婚率不会那么高。提到离婚率，我看了一个数据，2020 年的离结率① 是 44.1%，就是说该年有一百对结婚四十四对离婚，已经很高了，不过还不是特别高。美国的离结率在 50% 上下。离婚就表明关系真正不可调和了。而那些婚姻关系没有实质分歧的小打小闹，完全可以通过有效沟通修补亲密关系。两个人忆苦思甜，重温一下恋爱史，然后重归于好。

我看到过一个关于吵架的故事，感觉很是甜蜜。一个女孩子和男友在餐厅吵架，男友先回家了，她在商场转了三个多小时，男友给她发的最后一条短信是告诉她自己和狗从家里搬走了。女孩子回到家发现屋里只剩自己的衣服和鞋子，然后就听到厨房有动静，进去看了下是扫把倒了。过了一会儿厨房又有声音，她折回厨房，好奇心促使她打开发出声音的柜橱的门，男友正抱着狗蜷缩在柜子里，冲着她傻笑。

这个事例表明，只要你们的感情基础好，就有千百种办法平复冲突，恢复关系。这个故事很甜蜜，能看出这个男孩舍不

---

① 当年离婚数与当年结婚数之比。

得这个女孩，只想吓唬她一下——如果我走了，你会是什么心情，你会怎么反应。而她突然发现他只是躲在柜子里头，并没有走，这个意外惊喜使她对失去他反而有点后怕。由此能够看出，这两个人的感情基础非常好，他们很浪漫，很甜蜜。他们可能会发生一些口角、冲突，但这并不影响他们的亲密关系。

争吵到什么程度，就可以放弃这个人了呢？要看感情是不是真的破裂。如果两人的感情已经破裂，那么就只好放弃。有一件非常有意思的事，大家可能没有注意到，就是我国的《婚姻法》规定，离婚理由可以是"婚姻关系破裂"，即情感破裂。在一些西方国家，要争取到这种无错离婚都是一个很艰难、很长久的过程，早先是不准许无错离婚的。他们大都是基督教国家，认为婚姻是上帝缔结的，如果要离婚，必得一方有过错，比如家暴、遗弃、出轨，反正必须犯错。如果没错，只是感情破裂，是不能批准离婚的。但是我国的《婚姻法》规定，关系破裂、感情破裂就可以成为离婚的理由。一步到位，非常先进，非常前卫。总之，夫妻发生矛盾后，要看感情是不是确已破裂。如果感情破裂了，就只好分开了。

## 07
## 失恋就意味着人生失败吗?

　　失恋是建立一个亲密关系上的失败,但不是人生的失败。为什么这么说呢?你失恋了,没人爱你,你也许会觉得是因为自己不够优秀,不够努力,好像你的整个人生都失败了似的。但是,在亲密关系上的失败,其实也许并不是因为你不够优秀,而仅仅是因为你没有碰上合适的人。

　　谈恋爱不是战场,也不是商场,更不是考场。在战场上,你打仗是有输有赢的,对方赢了,你就失败了;在商场上,别人赚钱了,你破产了,你就失败了;在考场上,你没考上大学,可能是因为你不够努力,或不够优秀,所以才失败了。而失恋呢，可能并不是因为你不够优秀，而仅仅是因为你没遇到合适的人。你也许足够优秀，但人家偏偏不喜欢你的性格，或者你们俩没有碰出火花来。恋爱是有非理性因素存在的，它涉及的不是优秀与否的问题，而是情感的问题。

我早年做家庭婚姻调查的时候，遇见过一对夫妻，双方都非常优秀，都是名牌大学拔尖的学生。两个人各方面看上去都很优秀，但是他们就是谈不到一起，恋爱谈得十分艰难，十分痛苦。一方爱另一方，爱得非常激烈，可对方就是不能爱他，没有爱上他。对方不能爱你的时候，你就陷入了失恋的境地。难道这个失恋仅仅是因为你不够优秀吗？是你活得很失败吗？不是的。

造成失恋的原因有什么？可以概括为两大类：一类是外在的原因，一类是内在的原因。外在的原因又是一种比较世俗的原因，比如家庭背景不够门当户对。你们两人感情挺好的，但是两个人的家境差得特别远，家境好的一方的父母就会坚决反对，不同意你们的婚事。富裕一方的家庭会因两人社会阶层的差异而反对你们结合。现在女孩在找对象的时候要求对方必须有车、有房。即使你再优秀，没车没房，那也有可能会失恋。

另外一类原因是内在的原因，即那些非世俗的原因。比如说性格方面、气质方面的原因，或两人灵魂契合度较差。如果双方没有那种发自内心的喜爱，没有爱情，没有感觉到互相的吸引，就很难建立亲密关系。还有一些失恋是由单方面的爱造成的，一方特别爱，另一方却不爱他，只是一种单方面的激情。一个人一心爱上了另一个人，可对方对他完全无感，无论如何，都不能爱他。难道没有这种情况？

我碰到过很多这样的案例，有的人甚至因为失恋而表现得很过激，坠入痛苦的深渊。有一男一女发生了激情之爱，后来男方出国不爱女方了，她难过到了痛不欲生的程度，竟然决定自杀。她对我讲，她已经把窗户全部关好，煤气也打开了，都准备点火了，想着一根火柴一点就一了百了，当时她已经痛苦到那种程度。正在她要点火的时候，突然听到外面电梯门一响，拥出一群放学的孩子，她一下就惊醒了。她说，她这么一点火一爆炸就烧到孩子了。她当时马上就清醒了，赶紧关煤气开窗户。人失恋能够难过到这个程度，这是一些人在人生路上不得不承受的痛苦。

　　此外，分手时一定要处理好两个人的关系。当你要结束一段关系，要放弃这个恋人时，一定要当面说清楚。不要因为怕对方太伤心就暧昧地拖延。越不能坦然面对，越是逃避，就越会陷在这段感情中不能自拔，会耽误你们以后的生活。早点把这段失败的关系结束，才能开启新的生活。如果你一直纠缠、痛苦，深陷其中，不能自拔，对双方来说都是折磨，都是难以承受的伤害。

**08**

# 如何面对失恋?

在恋爱当中会出现这种情况:一个人爱,一个人不爱;一个人爱得多,一个人爱得少。那么分手后,双方是不是都会痛苦呢? 显然是爱对方多的那个人会更加痛苦,原本就不爱或者爱得少的那个人不痛苦,还可能庆幸总算把对方摆脱掉了。

痛苦归痛苦,那个"被分手"的人却没有理由去谴责主动分手的一方。尽管对方主动提出分手,这也不是犯错或背叛,他只是告诉你,你们不合适。你没什么可以谴责对方的理由。他没做错什么,只不过是说,出于主观或客观的原因,他不能爱你,他就是不喜欢你了,你们的关系就此为止了。

如果说两个人分手纯粹是出于客观的原因，仅仅因为你没车没房对方才拒绝了你，对方是不是就应该受到过于看重物质不看重感情之类的谴责呢？即使对方秉持这种世俗的择偶标准，你也不要过多地谴责对方。因为你谈恋爱并不是要去找一个道德特别高尚的人。如果对方因为过于看重物质或社会阶层差异之类的原因拒绝了你，也是无可厚非的。他算不上一个道德水平低下的人，他只是一个俗人而已。人不应当因为俗气而受到谴责。

你可以这样想，多数人都是俗人。如果他是因为你没车、没房就拒绝你的话，那你也不要他就罢了。人往高处走，水往低处流，社会上现在有那么多的学习班，教人用什么样的技巧嫁入豪门，钓金龟婿。如果有人一门心思要这样做，你去谴责他不够高尚，说他选择了物质不选择爱情什么的，这种谴责有意义吗？

有一个网友给我讲了她的失恋故事。两个人坚持了四年异地的恋情，分手时男友只是用QQ跟她说想要分手，不想在一起了。女方打电话男方不接，只好忍痛分手。分手后前任很绝

情地把她的微信、手机号、支付宝、QQ 都拉黑删除了。女方
登录男方的 QQ，把自己的 QQ 加回去，三天两头给他发 QQ，
男方却从来没回过。后来这个女生觉得好痛苦，只好给男生发
了最后一条消息：你还是删了我吧，不然我总是想给你发消
息。第二天男生果然删了那个女生。女生说，这段感情对她来
说是一种折磨，她哭了好久，终于不再发消息给男生了。

在这场恋爱里，一直到最后都是女方一个人在坚持和挽
回，男方一直无动于衷。他如此决绝，可能他根本就不难过，
或许从一开始这个男生就不喜欢这个女生，也可能对女生有不
满意的地方，觉得两人不合适。从他后来的一系列表现可以看
出，他可能根本就没有真正爱过这个女生。也有可能他曾经爱
过，但是很明显现在已经不爱了。对这样的人，应该坚决地在
心里把他删除，你把他删除了，生命中的这一页就可以翻过去
了。遇到这种事情，应当有勇气直视，勇敢地走出痛苦的一
步，在心里把这一段痛苦的经历彻底地抹掉，去开始自己新的
生活，为新的恋爱重拾勇气，兴致勃勃或者说是欢欣鼓舞地去
追寻一段新的恋情。

在失恋的时候，应当让自己尽快摆脱失恋的阴影，应当给自己上一堂心理课：这件事怎样才能尽快翻篇？我如何开始新的生活？要这样想，"天涯何处无芳草"，这是一句脍炙人口的老话，充满人生的智慧。为什么非要在这一棵树上吊死？到处都有好男人、好女人，我失去了你，但是我还可以找到像你这么好或比你更好的人。你还要坚决地对自己说，他再好再优秀，可他拒绝了你，他不是你的，那么他对你来说就不是那个最好的。如果能够这样想，就比较容易从失恋中摆脱出来了。

《小王子》里有一个非常经典的关于爱情的论述：明知伤害内在于爱，但仍要追求爱，这就是狐狸对小王子的爱。看过这本书的人，都知道小王子在地球上爱过一只狐狸，但是小王子最后跟狐狸分手了，说他要回去自己的星球，因为他爱着那里的玫瑰，那玫瑰是他的真爱，所以他就跟狐狸分手了。

这个故事在讲什么？讲的是人只要去爱，就会受伤。人爱上任何对象，都有很大的概率会因此心乱如麻，甚至为之心碎。如果你想确保自己毫发无损，唯一的方法就是不去爱任何人，甚至爱动物也不行。

为什么呢？人一旦爱就会在乎，一旦在乎就会全情投入，一旦投入就会生出你中有我我中有你的感觉。当爱情经受挫折的时候，人就会方寸大乱，会大受煎熬，会生出无边无际的惆怅。所以爱得越深，伤害越大。这就是所谓"伤害的可能内在于爱"。

《小王子》就写了这样的爱情，小王子很清楚，如果不想受伤，最好不要开始。没有开始，也就没有后面因爱而生的种种苦楚。很多受过爱的伤害的人都会觉得，早知如此，宁愿不爱。狐狸失恋了，它爱着小王子，但是小王子为了玫瑰无论如何要跟它分手。他说因为他帮助玫瑰修剪过枝叶，还给它做过一个遮风挡雨的罩子，一直在保护它，所以他的真爱是玫瑰，他一定要跟狐狸分手。狐狸怎么办呢？狐狸在跟最后他分手的时候说："你放心吧，我有所得，因为麦子的颜色。"当时我读到麦子的颜色的时候觉得很奇异，狐狸的话到底是什么意思呢？它的解释是，小王子是一头金发，它知道自己会受伤，但是它依然会选择爱，因为它最后会看着金色的麦子忆起与小王子相处的欢乐时光。小王子走后，每当风吹麦田麦穗起舞，麦子的颜色就会提醒狐狸，有个金黄色头发的王子曾经走进它的生命，并和它有过美好的邂逅，这就足够了。

人总是可以选择不去爱，但没有爱的人生何足言美好？是的，爱人的离开会令你受伤，但既然伤害内在于爱，我们就要学会好好地接受它。在世间没有认真去爱却又不受伤的，只要你爱，就会受伤。没有伤的爱不是最好的爱，甚至不是真正的爱。如果能够像狐狸那样看待失恋，就可以感受到其中的意义。

第 3 章

幸福的婚姻应具备
哪些条件

# 01
## 为什么父母总催结婚?

人为什么要结婚?在中国几乎人人都要结婚。我看到一个国家统计局的数据,在 20 世纪 80 年代,终身不婚的人在人口中只占 3.8%。近年来受单身潮的影响,终身不婚的人有所增加,但基本上还是那句老话,"男大当婚,女大当嫁"。人为什么一定要结婚呢?难道仅仅因为别人都结婚,所以我就必须结婚吗?其实,婚姻制度是有它的社会功能的。

首先,婚姻的功能最早是由恩格斯提出来的。他认为,结婚的目的是为了私有财产的传承。人类从原始共产社会过渡到私有制社会后,私有财产的出现要求有明确的、合法的财产继承人，人要确知自己把私有财产传给了亲生子女而不是别人。怎样才能确保这个孩子是自己的血脉呢？人们需要有一个婚姻的形式来确认亲子的血缘关系，以确保私有财产的继承。恩格斯为此写了《家庭、私有制和国家的起源》这本名著，解释了婚姻制度的起源。为了满足私有制社会的需求，婚姻制度产生了。

婚姻制度的第二个功能就是家系的传承，这个功能在中国被看得很重。中国传统文化特别强调传宗接代，让家庭的姓氏永远传承下去，让家族的血脉不断繁衍壮大，不要断了香火。为什么中国文化特别注重家系的传承呢？西方或者基督教世界都是相信来世的，他们相信人死后灵魂不死，会上天堂或者下地狱。但是中国传统文化是不相信来世的，孔子说，未知生，焉知死。国人大多相信人死如灯灭，人死后就完全消失了，不存在了。中国人想让自己的生命继续存在下去靠什么呢？就是靠子女在世界上生生不息，你的后代子孙传递了你的血脉，延续了你的生命。因此，结婚生孩子的另一个功能就是为了家庭和祖先在这个世界上继续存在。中国传统文化中看重祖先崇拜，它具有世俗宗教的意味。它并不是宗教信仰，祖先也不是神，但是中国人相信自己会通过祖祖辈辈的繁衍把自己的基因传下去，把自家的香火传下去。因此祖先崇拜在某种意义上承载了一种世俗宗教的意义。

婚姻的第三个功能是组成生产生活单位。传统家庭实行男主外女主内，男人在外面挣钱，女人在家里相夫教子，共同组成一个既是生产单位又是生活单位的组合。这也是婚姻的一个功能。

婚姻的第四个功能是提供养老保障。在那些没有社会保障的地方，结婚生子具有养老的功能。农村人为什么非要生个儿子不可呢？就是因为儿子有养老的功能。在中国，占人口半数的农村人还没有退休金，没有享受到现代的福利制度。如果人在丧失劳动力之后完全没有生活来源，完全要靠儿子来养，那么他生儿子实际上是一种养老投资。虽然法律规定女儿也有赡养老人的义务，但是社会习俗并不要求女儿赡养老人，女儿要嫁走，成为婆家的人，所以非要生个男孩子不可。对这个人群来说，结婚生子具备养老保险投资的功能。

　　婚姻的第五个功能是把夫妻一对一的关系固定下来，维系下去。由于人的情感是容易流动的，没有约束则可能今天爱上一个，明天又爱上另一个；跟一个人好了几年，又移情别恋。婚姻可以让感情长久地维持下去。这也是婚姻的一个功能。

　　总之，人为什么要结婚？因为婚姻有着这么多的功能，有实际的功能，有象征的功能，还有宗教意义上的功能。这些功能使得人们愿意结婚。中国社会是一个家庭本位的社会，与西方那种个人本位的社会差异甚巨。所以中国社会与西方社会相比，结婚的压力更大，结婚的实践更普遍，很少有人能够对抗这种强大的社会心理压力。

**02**

## 谈恋爱需要告知父母吗？

恋爱时双方父母有没有必要见面，主要看双方的关系有没有确定。关系已经确定了，两个人马上就要结婚了，这才需要安排双方父母见面，因为将来两家会成为姻亲，牵涉到双方的父母了。但是有一个原则是要加以强调的：一桩婚姻，它是两个人的恋爱，两个人的婚姻，而不是两家人的恋爱，两家人的婚姻。所以在关系尚未确定时，两家人并没有见面的绝对必要。这个问题牵涉到的理论背景在于家庭本位与个人本位的区别。与西方文化相比较可以发现，中国人才会有这样的想法：我们俩谈恋爱了，将来我们有可能结婚，那么就要安排双方父母见面，要征得双方父母的同意。在西方文化背景中，这种做法就有点奇怪。因为他们是个人本位的文化，孩子的人格独立，结婚是两个年轻人的事，跟双方父母没什么关系。父母家只是你出生的家庭、你的家世背景，父母不是婚姻的当事人，所以父母没有见面的绝对必要。儿女会认为自己是一个独立的个人，而不仅仅是一个儿子或是女儿这样的身份，因此也就没有在恋爱时去见父母的绝对必要。

假如某人是特别没主意的人，自己没有自信，或者对对方到底适合不适合做自己的配偶没有什么把握，请亲友团把把关的情况是有的。如果两个人相互了解很深，彼此是真正的恋爱关系、真正的亲密关系，就应当有把握到不需要亲友团把关的程度。亲友团能起什么作用呢？他们只能看到一些外在的东西，比如这个人的家庭背景、工作经历、挣钱能力，看不出当事人的内在的契合度、双方感情深不深、他是什么样的人、你是什么样的人。这些主观的因素还是要由当事人自己来判断，自己来决定。

# 03
# 婚姻和金钱是什么关系？

婚姻和金钱到底是什么关系？在当代中国的现实中，这个问题已经变得非常残酷。我看到过一些网友说："我差个首付就不能结婚了吗？不能谈女朋友吗？为什么七年的爱情就死在了房子上？"悲愤之情溢于言表。还有一位问："应该怎样看待一些年轻人为结婚而买房，以至耗尽双方父母积蓄的现象？"更有人忧愁地说："女朋友说结婚必须买十万元的钻戒该怎么办？"一个怀揣理想长大的孩子，他要面对的现实是这样残酷。我们的理想是男女平等的，男欢女爱的，两个人遇到了，爱上了，准备结婚了，不该出现"没有房，没有车，我不嫁"这样的事情。可惜，理想很丰满，现实很骨感，你没有房，没有车，你就找不到一个愿意嫁给你的人。怎么会出现这样一种局面呢？多数情况是男孩碰上困难，男孩碰上了待价而沽的女孩。更加可怕的是，这个现象不是个别现象，而是一个相当普遍的现象，令当事人感到异常痛苦。

造成这种现象的原因很复杂，不是某人振臂一呼或者号召男女平等就能解决的。在我看来，这种局面的形成至少有两个方面的原因。第一个原因，我们还是一个男权深重的社会，男方占有的资源比较多，男性的收入比较多，所以一些女孩一心想要挑选一个有钱、经济状况比较好的人嫁。我们倒是希望女孩嫁给爱，可是好多女孩非常实际，男孩没钱她就不肯嫁。有一阵，买房子被叫作"丈母娘需求"——丈母娘要求你买房。你要是没房，那她绝对不会把女儿嫁给你。由男方来提供房子也是一种社会习俗。我在农村做过调查，这是一种潜规则。所有的男孩要想娶到一个女孩，都一定要有房子，没有例外。父母都把毕生的积蓄拿出来给儿子盖房，否则就绝对找不到儿媳妇。在城市里，自然也是男方买房了。

第二个原因就是出生人口性别比过高，男多女少。在适婚年龄人口中，男性已经多出了三千万人，适婚女性的数量绝对少于男性。这加剧了竞争的力度，他有房，你没房，你再爱她也比不过那个有房的人。女孩也会互相攀比。有的女孩会跟别人比，看其他女孩要了多少聘礼，要了多少东西。别人得到了十万元的钻戒，自己没有得到，她就会有一种自己被贱卖的感觉。女孩成了明码标价的人，看谁卖的价钱高。久而久之，这种攀比就形成了社会风气，将女性物化了。为了尽量卖出高价，结婚在无形中被当成了一个买卖、一桩交易。既然是交易，当然是利润最大化，卖得越贵，身价越高，越有面子。这样水涨船高，恶性循环，导致结婚的市场价格有了潜规则。

这种婚姻市场在城市不明显，在计划经济收入均等的时代也不明显。但到了20世纪90年代，我在农村做调查时发现，农村的男孩要想结个婚的话，已经至少需要几万元钱了。在一些比较富裕的地方，想结个婚就要几十万元了。婚姻似乎带上了交易的色彩，不同的地方有不同的"行情"。这让人很不适应，但它就是社会的现实。其中情感的因素显得无足轻重了。

其实，在中国的传统婚姻当中，情感因素从来都是微不足道的。在做婚姻研究的过程中，我看到过西方学者对中国传统婚姻的一个看法：在中国人的婚姻中，情感因素的分量是极其微小的、极不重要的。

这一点在买卖婚姻和包办婚姻的时代尤其明显，感情完全谈不上，两人在婚前连恋爱都没有，见都没见过。婚姻基本上就是一桩两家之间的交易。成功缔结婚约的标准只是门当户对，途径是媒妁之言和父母之命，根本没有感情什么事。在现代生活中，也有很多前面提到的那种案例：男女双方谈了七年恋爱，仅仅因为男方付不起房子首付，女的就坚决不嫁。恋爱七年，最后决定能不能成婚的因素还是金钱，这令当事人感到绝望。人们都有一个为爱结婚忽略金钱的理想，但现实是残酷的。

这种社会现实估计并不会立即改变，只能慢慢地改变。人们把情感因素引入结婚的理由，并逐渐增加它的重要程度，使现实慢慢朝着理想前进。整个社会都渐渐加重感情在婚姻中所占的比例，争取把它变成结婚的全部原因，使得男女双方可以不考虑物质条件，这是最理想的状态。可惜理想还没有真正地照进现实，也是挺让人无奈的。不是说几部好莱坞电影宣扬一下爱情至上，这种状态就能够改变。金钱还是像市场经济那只看不见的手在后面操纵着婚姻。人们并不是明确地说，我看重的就是钱。但是贫富的比较，有钱没钱，钱多钱少，择偶的标准大多还是被婚姻市场上的经济因素所决定。你最后能不能成婚，能够结一个什么样的婚，最终还是很难摆脱这只看不见的手。你再爱一个女孩，如果经济力量不够，你还是有可能不得不放弃。

现在有些人干脆选择不婚。在传统社会里，你根本不能考虑这个选择，所有的人都会认为，你要是终身娶不上一个老婆，那就是一个失败的人。在浙江农村调查的时候，我遇到了一位终身未婚的老先生。村子里的其他人全都结婚生子，只有他没儿没女，孤独终老。他住得离村子远远的，在村边看守果园。全村人都觉得他是一个特别可怜的人生失败者。

有人口学家提出了"婚姻挤压"的概念，指的是在适婚年龄人口中，男性人口绝对多出女性人口，导致结婚机会被压缩。只有经济条件较好的男人才可能娶上老婆,其他多出来的三千万男人根本就没有机会。在这种情况下应当考虑一下单身的生活方式,避免做无谓的努力。在进入现代社会以后,西欧、北美都有超过人口数量一半的人选择独居,在中国开辟一种单身独居的生活方式也不是完全不可能,选择这种生活方式的人不会像过去那样被毫无例外地视为人生失败者。如果一位男性找不到特别合意的女性,或者一位女性找不到合意的男性,那是不是可以选择独居呢?这种选择在当代中国已经有了实现的可能性。

# 04

## 如何看待婚前同居？

看到这样一个案例：一个女孩和前任分手的理由是，前任一直要求同居，但女孩比较传统，觉得没有结婚不应该同居，男孩因此认为女孩不是真心爱他。后来他们的矛盾越来越深，最终分手。

我认为，恋人不一定要用同居来证明自己对对方的感情。上海的一个社会调查统计结果显示，所有的夫妻中有 40% 的人经历过婚前同居，证明婚前同居的现象已经比较普遍。但同一项调查也表明，还是有 60% 的人并没有经过同居就结婚了。所以，恋爱对象不跟你同居，并不一定表明他对你没有感情。我认为，正像前述案例所显示的那样，恋爱一方可以既爱另一方，又不与对方同居，这个选择完全没有问题。虽然已经有四成人做了另外的选择，但这并不是结婚的必然选项。也就是说，只要我爱你，我打算跟你结婚，我就必须得跟你同居，没有这个道理。

每对情侣的交往模式都是不一样的。没有人规定，所有的情侣都必须经历婚前性行为和婚前同居。社会调查统计数据表明，目前我国的婚前性行为是比较普遍的，达到了七成左右。而这种行为方式可能有巩固感情、促进感情的功能。但是并没有人规定每个人都要这样做，很多人并没有尝试婚前性行为，而是以处男处女之身去结婚的。这样的人在人口中虽然已经沦为少数，但也还占有一定的比例。所以，没有什么情侣必须去做的事，完全是因人而异的。

婚前同居大致有两种情况：一种带有试婚的性质，另外一种纯粹就是生活方式的选择。多数带有试婚性质的婚前同居的结果是男女双方结婚。从目前的统计来看，"80后"伴侣的婚前同居的比例高达六成。这些人还没领结婚证，但两人的关系已经基本确定，只是先同居一段时间。

如前所述，在上海的所有夫妻当中，有过婚前同居经历的占到四成。也就是说，并非所有人都想婚前同居，但做了这种选择的已经高达四成。这群人的想法是：当你要买一件贵重的大件消费品（比如电视）时，要先试一试质量如何、性能如何。那么当你要建立一个终身的亲密关系时，是不是也要考察一下两人的和谐度和适应度呢？你难道不需要考察一下两个人生活在一起和谐不和谐，夫妻生活会不会有什么问题吗？对方会不会有生理或心理的缺陷，会不会有共同生活的障碍？婚姻需要两个人长相厮守，那两个人的灵魂契合度如何？性需求和谐度如何？生活习惯吻合度如何？情感上的相互依恋度如何？两人适不适合长期相处，能不能最终走向婚姻？购物都不可能连试都不试就直接买回家，更何况是选择终身伴侣？有些人恋爱谈得好好的，一到柴米油盐的阶段问题就暴露出来了。双方的消费习惯、购物标准、价值观、人生观、世界观匹配程度如何？比如一方认为某种商品必须买百元那个档次的，而另一方认为买十元档次的就可以了，那这两个人一起生活就会惹出无穷无尽的麻烦。婚前同居实际上是一个磨合过程，所以才会有这么多的人选择了婚前同居。倒不是说结婚前一定要同居，只是说那些选择婚前同居的人也有充分的理由。

关于试婚一直存有争议，多数人持赞成态度。无论是四成上海人选择婚前同居，还是六成"80后"做出这一选择，都证明选择婚前同居已经没有很大的障碍，这正在成为一种越来越普遍的社会实践。婚前同居有点像是一个新工作的试用期。双方尚未正式签约，只是给了你三个月的试用期，看你能不能适应这份工作，能不能胜任这份工作。在你通过了各方面的考验之后，对方觉得你确实可以胜任这份工作，才会跟你签约。

婚姻实际上也是一个契约，是两个人要把亲密关系长期维系下去的约定。签约之前的这个试用期是一个双向的考核：双方都会考核对方与自己在性生活方面和谐与否，在感情上和谐与否，在价值观上和谐与否。假如一个人特别大手大脚，另一个人格外节俭，双方就会冲突不断；一个人特别爱干净，另一个人肮脏邋遢，那他们也会心生龃龉。因此，婚前同居是在看两人到底合得来合不来，能不能订立长期的契约。

目前婚前同居的盛行还有一个前提，就是婚前守贞观念的消亡。如果人们严格遵守婚前守贞的规定，就像传统婚姻所要求的那样，婚前同居就完全没有可能发生。按照传统文化习俗的规则，婚前男女授受不亲，揭盖头前男方都不知道女的长什么样，更别说同居了，那是一定要把童贞保留到结婚之后的。记得我在北京做一个家庭婚姻调查时遇到一位老先生，我调查到他的时候他已经七八十岁了，他对我说他当初谈恋爱的时候，和未来的夫人一起跑到中山公园，两个人隔着河远远地看了对方一眼，就确定了关系。如果你所处的时代和社会习俗规定，男女婚前绝对不能够碰面，绝对不能够拉手，那就更不要说发生婚前性行为了，那你也不可能做出同居试婚这个选择。所以，婚前同居的盛行是和婚前行为规范的变化有关的。

另外有一群人已经把同居作为一种生活方式看待了，他们两人情投意合，愿意建立一个类似夫妻关系的亲密关系，于是他们决定同居，但不结婚。我对这个人群做过调查，我问过他们：两个人都一起同居了好多年，感情还都那么好，那你们为什么不干脆结婚呢？有个女孩的回答非常有趣，她说结婚证就是一张纸，如果我们两人的感情好，还愿意继续共同生活下去的话，这张纸就是没有必要的，我们没有必要拿这一张纸来约定什么、约束什么。如果我们两人已经互相厌倦了，不想在一起了，我们要分手了，那么有这张纸也没用。这是他们选择同居的一个原因，他们愿意在一起、感情好的时候才在一起，如果没有感情了那就分手。保持自由和自愿是有些人选择同居这种方式的一个主要原因。

我对婚前同居不做负面评价，这种方式在我看来是正常的。在当代中国，亲密关系的规范已经变化，观念已经变化，婚前守贞的观念已经消亡。在这种情况下，同居是一个合理的、有益的选择。

在2000年修改《婚姻法》的时候，有过一场争论，一位婚姻法学家坚持要把这种没有结婚的关系模式叫作非法同居，我认为把它叫非婚同居就可以了。称其为非法同居，似乎带有一种谴责的意味，实在没有必要。同居方式其实是应运而生的。这个"运"是什么呢？就是婚前性行为规范的改变。人们对婚姻配偶的选择，对于性生活的期待，已经远离了那个包办婚姻、买卖婚姻的时代了。旧时的婚姻像撞大运，盖头一揭，就是个丑八怪你也得接受，万一挺漂亮，就像一个意外的惊喜。现在已经没有必要搞得那么惊心动魄了。

**05**
## 如何看待婚前协议与婚检?

　　婚前协议在中国提出的比较晚。在 20 世纪 50 年代、60 年代和 70 年代,中国社会的贫富分化程度很低,一般的家庭都是双职工,每个人都是每月几十元的收入,双方基本上都没有什么婚前财产,所以也没有必要设置婚前协议这一机制。改革开放以后,全民的家庭财产都有增加,贫富分化也越来越厉害,所以婚前协议这个机制就被引进来了。

　　婚前协议一般是婚前财产的登记,有些还会增加一些约束条款,比如一方出轨就要净身出户之类的规定。一般人内心还是有点抵触婚前协议的。不是说因为爱情才结婚吗?既然你爱我，那我们为什么还要分得那么清楚呢？你要把婚前哪些东西属于你、哪些东西属于我，搞得这么清楚，条分缕析地登记下来，似乎在暗示还没结婚已经在打算离婚了。因为这个婚前协议主要是在离婚时派用场的，为了保护两人各自的婚前财产，不要让一方吃了亏、另一方占了便宜。

目前，真正愿意去做婚前协议的人数量不多。主要是因为婚前协议与二人的情感似乎有冲突，会令当事人感到尴尬和难堪：如果你是爱我的，为什么要去做这个婚前协议？既然你是爱我的，我们俩结合为一体，那就意味着你的财产也是我的，我的财产也是你的了。按照以往离婚的规定，两人的财产应该是一人一半的。婚前协议就像还没结婚就想着离婚似的，这就是人们去做婚前协议的心理上的障碍。

但是，为什么婚前协议还是被提出来了呢？尤其是对于那些婚前经济条件差异比较大的夫妻，我建议还是要做这个婚前协议的。原因在于，随着现代化的推进，离婚率持续走高。2019 年，全国平均离结率为 43.55%；2020 年更高达 44.1%，北京、上海等大城市的离结率已经超过 50%。如果双方各自的婚前财产差距比较大的话，婚前协议就能对财产较多的一方起到保护的作用。在原来没有婚前协议时，离婚时所有的共同财产都要一人一半，如果你的婚前财产都被归入共同财产，那是要被分走一半的。

我希望大家冷静考虑要不要签婚前协议，做出理性的决定，不要感情用事。什么是感情用事？比较富有的一方会有两种顾虑，一种是内省性质的，一种是攻击性质的。内省性质是针对自身的，觉得不好意思提出签订婚前协议，好像是自己害怕离婚时对方分走财产，那将置爱情于何地？好多人的顾虑就在这里；攻击性质是针对对方的，会猜忌对方，你跟我结婚是不是为了我的钱，如果不是，那你为什么不愿意签婚前协议呢？这就使得有钱方和没钱方全都处于一种纠结的状态。坚持去做婚前协议就显得很生分，信誓旦旦的爱情好像成了漂亮话，结果还是你的是你的，我的是我的，并没有合为一体，也没有在财产上真正要合为一体的意思。两个已经决定要结婚的人肯定感情非常好，与把各自财产分清的做法中间似乎存在着一种张力，于是人们就没有签署婚前协议的动力了。

解决的办法是什么呢？我认为经济条件比较差的一方应该主动提出签署婚前协议，这样做能够表明你跟这个人结婚不是因为他的钱，而是因为你们俩感情好。这也是财产比较少的一方表白自己内心的好机会，可以消除财产比较多的一方的种种顾虑，化解双方情感与婚前协议之间的矛盾。

我们有时会看到这样的情景：一个比较穷的人和一个特别富的人结婚，两人的财产数量相差很远。当穷的一方主动提出要签署婚前协议时，他的姿态会显得特别高尚、纯粹。他等于发表了一个声明——我确实不是为了你的钱，而是为了你这个人才跟你结婚的。如果没钱的那一方动机比较纯，确实是为了感情而结婚，不是为了对方的钱，他就不怕去签这个婚前协议，就会主动去提出要签婚前协议。

除了婚前协议，还有婚前检查的问题。中国从 1995 年开始实行强制婚前检查，但到 2003 年就取消了强制婚检，当时取消的原因是强制婚检的确出现了一些问题。有人提出，婚检已经变成了走过场。除了交结婚证的钱，还得多交一笔婚检的钱，这是增加了不必要的负担。某些地方还闹出了比较离谱的事情，在实施强制婚检期间，某个地方民政部门要求检查女方是不是处女。一颗老鼠屎坏了一锅汤，这个检查引发了被检人的反感：你凭什么检查我是不是处女？这是个人隐私。闹出风波之后，强制婚检就被取消了。取消强制婚检，代之以自愿婚检，结果一下子就没人愿意婚检了。实行强制婚检政策时，婚前检查率是100%，改为自愿婚检后，检查率掉到不足一成。

一段时间之后，取消强制婚检的不良后果就显现出来了。婚检是有它的功能的，比如对方有自己不知道的疾病，如肝炎，甚至艾滋病，婚检可以避免这类疾病在夫妻之间传播。另外，取消强制婚检以后，出生婴儿的畸形率升高了。原本一些可以被检出的出生畸形儿遗传因素，由于没有婚前检查而未被发现，孩子生下来了才发现有遗传病，患有遗传病的婴儿比例大大上升。根据卫生部门的说法，我国的畸形儿增加是与取消婚前检查有关的。

我认识一对小夫妻，他们俩的血液类型不匹配，生的孩子会得溶血症。他们之前一点都不知道。倘若他们做了婚检，得知这种情况，可以采取避免悲剧的措施。由于两人没有采取任何措施，他们的孩子得了溶血症。其实类似的悲剧原本是可以避免的。目前许多地方已经开始免费提供婚前检查，在领结婚证之前可以去免费领取婚检单。可是还是有很多人不愿去做，既然不是强制要做的，我就不做。这个不愿婚检的心理与那个不愿签婚前协议的心理有相似之处——我要求爱人去婚检，看看他有病没病，好像是我对他不信任似的。

其实不必有这样的顾虑，不要碍于面子或因嫌麻烦就不去婚检。万一你们有生出畸形儿的风险，知道总比不知道强，一旦有遗传病的孩子出生，就会后患无穷。所以我建议大家主动去做婚检，不要偷懒，不要嫌麻烦，不要有顾虑，不要不好意思。其实不少人心里有这个愿望，想知道对方到底有没有病，但是又碍于面子不去做婚前检查，这是对自己、对未来的孩子、对你们的婚姻不负责任的表现。要对自己负责，要对孩子负责，一定要去做婚前检查。看到有一些地方的相关部门会提出这样的口号：到某年争取把婚前检查的比例提高到80%。而我们现在才不足10%，非常可悲。为了自己的婚姻幸福、未来的孩子健康，要争取把婚前体检率提高到100%。

## 06
## 幸福的婚姻应具备哪些条件?

　　幸福不幸福主要是一种内在的感觉。幸福之源不在外而在内。像那些世纪大婚礼,又是钻戒,又是跑车,这些象征财富而不是幸福,真正的幸福还是内心的感受,正所谓"鞋子合适不合适只有脚知道"。两个人在一起到底是不是幸福,是不是快乐,主要是一种主观的感受,而不是客观的条件。情人节送花,结婚纪念日庆祝一下,开个派对之类的,这些都是外在的东西。

　　要经营和提高婚姻的幸福度,有几个重点需要关注。

　　首先,幸福婚姻的基础是三观一致。所谓三观一致就是灵魂的高度契合。三观是世界观、人生观和价值观。如果两个人在灵魂上契合度很低，或三观不一致，他们的婚姻是不可能幸福的。在婚后的生活中有共同语言是非常重要的。如果夫妻俩鸡同鸭讲，对牛弹琴，完全处于不同的频道，这就很麻烦，至少会导致婚姻质量下降。即使没到发生冲突的程度，在对事情的看法上，你这样想，他那样想，你有这样的价值观，他有那样的价值观，也很麻烦。还有一种情形，就是两人没什么可聊的，谈不上冲突，而是根本没有共同关心的事情，没有共同话题，也没有什么可以沟通的内容，这样的婚姻生活质量也不会高。

其次是爱。两个人的爱情还是需要经营的。两个人从恋爱走入婚姻，激情之爱在恋爱之初像是燃烧的火，到了日常生活的阶段就会变成涓涓细流。火是不能一直燃烧的，一直燃烧人会被烧成灰烬。激情过后变成似水柔情，两个人像水一样温柔缠绵，保持爱的热度。这是要精心呵护的，要非常用心的。

我见过一个很极端的事例，有一对小夫妇，他们每次做爱到高潮的时候都要两个人一起读一首诗。当然这听上去有点幼稚，但他们的努力是可贵的。两个人想出各种办法来丰富情感，这是增加婚姻幸福度最重要的一项内容。

再就是性。如果两人的性生活和谐的话，容易有幸福感。两个人在这方面要好好沟通、多多协调，了解各自喜欢的方式、各自喜欢的频率。我在做"中国妇女的感情与性"这个调查的时候，有一位调查对象对我说，她不喜欢性。她的丈夫总是央求她，她很长时间才答应和他做一次。一到了她答应的那个日子，丈夫又是理发，又是洗澡，又是换新衣服，像过节似的。在性生活上，两个人要多沟通双方各自的喜好和欲望。比如有的男人希望尝试各种花样，有的女人也想尝试一些非主流的方式。两个人要尽可能体量对方的需求。如果性生活的质量好，婚姻的质量也会比较高。

与婚姻幸福感有关的还有夫妻的日常生活安排。双方都要思考怎么把日常生活安排得井井有条，互相照顾体贴。男方要主动去做一点家务，不要把所有的家务都推到女方身上。两个人可以策划丰富多彩的活动，比如两人攒钱一起去国外旅游。倘若钱少，国内旅游也很好，这些都会提高婚姻质量。生活习惯不一致会成为争吵的缘由。在夫妻生活中，生活习惯的磨合也是个大问题。一些再婚的夫妻为什么就磨合得很艰难呢，就是因为他们都已经在长年的单身生活中养成了固定的习惯。如果这个人是喜欢睡懒觉的，那个人是喜欢早起的，他们俩结合在一起就会产生矛盾。就连饮食口味都可以成为问题，一个吃惯了这种口味，另一个喜欢那种口味，这也会导致争吵发生。在这些生活习惯上，人到了一定的岁数就很难改变，很难磨合。两个人刚好对脾气就还好，否则，习惯的不一致就常常会成为家庭矛盾的导火索。

总而言之，婚姻幸福与否取决于自己对对方的感觉好坏。如果你读一点与生命哲学有关的书就会发现：在人的众多关系当中，最有趣的还是亲密关系，它能为人带来温暖和喜悦。因此，夫妻要用心经营婚姻。

## 07
## 如何维持婚姻的幸福感?

有人提出这样一个问题：天天都感到幸福重要，还是追求未来的幸福重要？在我看来，每天的幸福是一个规律的问题；追求未来的幸福，先苦后甜，这是一个策略的问题。当下的幸福感是非常重要的，如果你今天不幸福，明天不幸福，那么你的一生都将是不幸福的，你的婚姻就是一个不幸的婚姻；如果你今天幸福，明天也幸福，那么你的婚姻总体就是幸福的，你的一生也会是幸福的一生。这是幸福的规律。而我为了将来的幸福，先吃一点苦，这是一个策略。比如我们想去周游世界，所以现在要拼命工作攒钱，我要做两份工，我现在很苦，我现在的苦是为了未来的甜。

不要求对方做出改变，主动接纳对方的本色，是婚姻幸福的秘籍之一。真正的幸福婚姻是不会要求任何一方改变的，是容忍双方完全按照他们的本色来表现、来做自己。为了能够和你在一起，他必须改变本真的自己，这种做法对幸福必定有负面的影响，因为江山易改本性难移。你如果长期压抑他的本性以求幸福的话，你最终还是会求而不得的，最终你们可能会觉得痛苦大于快乐。

幸福是一个主观的感觉。有社会调查表明，在处于温饱线下时，夫妻的幸福感与经济条件的改善是有正相关关系的，即越穷越不幸福，越富越幸福。不是有这样一句老话吗？贫贱夫妻百事哀。但是一旦到了温饱线以上，生存的问题解决了，幸福与否就跟钱多钱少没有关系了。有一些很富裕、很有钱的夫妻是不幸福的；有一些不是那么富有的人却是幸福的。这时，幸福感与经济状况就不相关了。因此，幸福主要还是一种主观的感觉，两个人相爱，就能感到幸福。

有的夫妻达成了共识，不领结婚证。如果彼此相爱，领不领证有什么区别呢？有时这两个人不去结婚是出于一种焦虑：

婚后万一不幸福怎么办，难不成再去离婚吗？幸福和开心不是一个结婚证可以保障的。恋爱不领证就是同居，目前伴侣同居率这么高，跟这种想法有关，我认为他们的想法不无道理。目前西欧、北美的单身人口都占到人口半数，他们当中有一部分人在和伴侣同居，人们就是这个想法：如果我们有爱，那我们就在一起，不一定非得结婚；如果爱没有了，我们就分开。结了婚还得去离婚，太麻烦了。如果爱情消失了，结婚证也留不住爱情。这是未来亲密关系的一个发展趋势，究竟还要不要进入婚姻真的成了一个问题。

结了婚再离婚会不会影响将来的幸福呢？离了婚就不能幸福了？现在离婚率这么高，美国接近50%，中国也达到44%了。对众多的离婚者来说，离婚只不过是翻过了生命中的一页，放弃了一段失败的感情。他们完全可以开始新的生活，寻找更加适合自己的亲密关系。离婚完全算不上人生的污点。无论结婚证还是离婚证，都只是一个特殊的契约。结婚是缔约，离婚是解约。就像商业契约一样，这个契约失效了，这个生意没有做成，仅此而已，不能认为它就是你生命中的一个污点。

# 08
# 婚姻中有哪些责任和义务？

《婚姻法》关于婚姻的责任和义务有很多规定，比较重要的责任和义务有两项：一个是夫妻要相互忠诚，不可以搞婚外恋，发生婚外性行为；另一个是夫妻要共同养育子女。

现在有一个普遍的现象，就是由爷爷、奶奶、姥爷、姥姥来帮着带孩子，按说抚育孙辈并不是老人的法定责任，他们是自愿的。那些比较传统的家庭，家庭关系特别亲密的家庭，都是老人帮忙带第三代。这样可以让子女省下精力去工作，或者省下请保姆的钱。

但是目前有越来越多的老人不大愿意做这个事情了。老人们认为，我已经辛苦了一辈子，我凭什么还要去给你的孩子当保姆啊？现在有好多老人，尤其是受个人本位思维方式影响的老人，越来越把个人价值放在第一位，把家庭价值放在第二位了，这样的老人就会做出这样的选择。随着中国社会的现代化，会有越来越多的老人做出这种选择。老人原本也没有这个法定义务，是习俗上的一点惯性使他们想帮儿女一点忙，帮儿女省点钱。

近几十年有一种新的社会现象出现：一群年轻夫妻选择丁克，不要孩子，希望保持二人世界，想去哪儿起身就走，不让孩子成为自己的绊脚石。有人说，这样做就是不孝顺，不顾及父母的感受。他们觉得平时自己孝敬父母就算尽孝了，不必去顾及家庭传宗接代的责任和义务。

在生育问题上的争论非常典型地反映出了当代中国传统观念与现代观念的冲突。年轻一代认为平时孝敬父母就算孝顺，可老人们却觉得他们要是不生孩子的话就是没尽到家庭的责任和义务。这令人想起一句古话，"不孝有三，无后为大"，意思是说不孝有三种表现，最主要的表现就是无后，不给家里生孩子就是最大的不孝。人们对这种说法早已耳熟能详，却丝毫没觉得此话的逻辑并不是很合理的：你如果说一个孩子不孝，应当首先指他对父母不够好，不够尊重，没有赡养父母。最大的不孝怎么会是不生孩子呢？这个让人听来十分费解的逻辑背后，就是中国文化的家庭本位思想。

中国盛行家庭本位文化，所谓家庭本位就是说，在一个人所有的人生价值当中，家庭的传宗接代，延续香火，必须被摆在首位。其他价值，如个人的快乐、个人的幸福、个人的享受，都是第二位的。按照这个逻辑，你要是不给家里生孩子，就是没有尽到最重大的家庭责任，没给家里传宗接代。你们只顾自己想走就走，想玩就玩，把钱都花在自己身上，只顾自己享受，忘记给这个家庭延续香火，所以这才是最大的不孝。受传统价值观念影响颇深的父母会这样想，可那些选择做丁克族的新式夫妻，那些现代社会的夫妻，已经不能理解"不孝有三，无后为大"的思维逻辑了。

两代人的思维逻辑已经不在一个频道上了。不生孩子的子女想着，我们好好对待你们就行了，尽孝就是在你们丧失劳动力、生活不能自理时赡养你们、照料你们。这就是年轻人心中的孝顺、孝敬。他们万万想不到，父母的想法是你得生孩子。你要是不生孩子，家庭的香火断了，你对我再好也是不孝。

这个变化非常典型。它表明，中国已经开始从传统社会向现代社会转变，传统的家庭关系、婚姻关系和亲子关系渐渐地发生了改变。这种改变在自愿不育的丁克夫妻这里表现得特别明显、尖锐。

赡养老人这件事并不是婚姻的义务，而是子女的责任和义务，那些未婚的子女也有赡养老人的责任和义务。所以，婚姻的责任和义务主要有两个：一个是夫妻之间的忠诚；另一个就是养育孩子。

在子女赡养父母的责任问题上，中西社会的习俗是不一样的。西方的民法里大都没有规定子女有赡养父母的义务，中国的《婚姻法》却规定子女有赡养父母的责任。著名的社会学家费孝通专门论述过中西方亲子关系的不同模式。他把中国的亲子关系模式叫作反哺模式，父母生你养你，父母老了，你反过来赡养父母。而西方是接力模式，一代一代往下抚养，只规定父母有养育子女的责任和义务，并不要求子女赡养父母。在中国，子女赡养父母的责任和义务被写进了法律，如果一个人不赡养父母，那是违法的，是可以引起诉讼的。法律对子女每月给父母的生活费数目并没有硬性的规定，但子女要尽到赡养的责任。有些父母根本不需要生活费，只需要儿女去看看他们，照料一下。在他们行动不方便时，生病时，失去生活能力时，子女应当提供照拂。

赡养父母的责任应当属于子女，配偶是没有法定义务的，只是凭感情、凭能力、凭意愿。虽然婚后配偶会改口，女方会把公公、婆婆叫作爸爸、妈妈，男方也会管丈人、丈母娘叫爸妈，但称呼的改变并不能改变你不是他们亲生儿女的事实，所以你并不会因为结婚就对配偶的父母有了赡养的责任。

**09**

## 婚姻中要不要紧盯对方?

在一桩婚姻中,为了不失去,有些人会紧紧地盯住配偶,希望把对方完全控制在自己手中。这种情况发生在女方身上比较多。因为一般来说,在我们的社会中,男人的收入高于女人,男人的社会地位高于女人,妻子有不安全感。有不安全感就对对方采取紧盯政策。

我在调查中碰到过一些女人,她们详细地给我讲自己怎么盯丈夫:时常打电话了解他都去了哪里、与谁交往,坚决反对丈夫在外单独过夜。有一些男性对女性也采取同样的策略,绝对不允许妻子与异性朋友交往,如果有个男人与她说话亲密一点、暧昧一点，就绝不能容忍，要绝对紧盯，绝对控制，绝对不能让第三人威胁到自己的婚姻。

这种观念实际是对配偶的独占欲导致的，它的潜台词是：既然我们结婚了，我就要把婚姻变成监狱，我是那个看守，你是那个犯人，我得一刻不松懈地看管你。监管到这个程度，就会把婚姻完全变成对对方的束缚甚至压抑。无论是对方的交友，还是某些爱好，都得由你来批准，由你来控制，这种做法不但会伤害对方，而且最终会伤害到自己，伤害到你们的婚姻关系。为什么这么说呢？婚姻的确是对人的一种约束，但是在高境界的婚姻中，受约束是出于自愿的。虽然你们缔结了婚姻关系，但是他还是一个人格完整的个人，是一个自由人，他受束缚完全出于自愿，并不是对自己本性的单纯压抑。如果他的自然本性中有很大一部分不能正常宣泄、正常发挥，必须违背他的意愿压抑下去，你们的婚姻是不会好的，这不是婚姻的高境界。

在婚姻的低境界当中，配偶用紧盯、控制的办法，防止外遇和婚变，要求对方不能多看别人一眼，不能跟别人多说一句话，一切都不可以。而且我这样做是理直气壮的，因为我们有婚约。那么可以说你的婚姻的质量是很低的。

在真正高质量的婚姻关系和夫妻关系中，双方是自愿地把全部的注意力都集中到对方身上的，他自愿地受这个约束，自愿地限制自己的自由。如果他有一个比较亲密的异性朋友，但这没有伤害到你们的婚姻，那你是不应该去压抑他的，前提是他仍旧爱你。

# 10
## 为什么选择单身的人越来越多？

目前世界上出现了单身的潮流，这个潮流最早是从北欧国家开始的，后来西欧和北美跟进，渐渐向全球蔓延。我们发现在很多国家，独居人口已经超过了人口的半数。在20世纪后半叶，美国、法国这些国家的独居人口比例只占30%左右，但是目前这个人群的人数都已超过人口的半数了，在日本这个东方国度也达到了40%之高，所以说全世界都出现了单身的潮流。那么中国是什么情况呢？中国人还是比较愿意结婚的，但是已经可以见到社会上出现了很多奉行单身主义的男女。目前我国的单身人口在人口总数中占16%，虽然与西方国家相比，比例还很低，但是与传统的中国社会比，这个比例已经相当高了。

对于这种中西差异，社会学有一个解释：中国是家庭本位的文化，西方是个人本位的文化。在中国，人们把家庭摆在第一位，传宗接代、家族繁衍、亲子关系是最重要的价值。中国人爱说成家立业，你要是不成个家的话，好像你这个人就丧失了人生的基本价值。可是西方就很不一样，那里的人们把个人的快乐放在首位，把家庭的价值放在第二位，因此他们就比较倾向于选择独身的生活方式。西方人看重个人生活的轻松快乐，不愿意负担其他的责任。你要是生了孩子，你就有了责任，你得花精力、花金钱把孩子养大。很多西方人把个人价值摆在第一位，所以他们就比较容易选择单身，这就是单身潮形成的主要原因。从中国目前的发展趋势看，由于在现代化过程中传统的家庭价值下降了，个人本位的价值取向在上升，所以单身人群的数量也在上升。

以上是宏观上的原因，还有很多微观上的原因导致人们不愿结婚，不愿生育。比如说育儿花费的增加，有些人觉得自己经济条件太差养不起孩子，或者害怕养孩子拉低自己的生活水平，因此不愿生孩子。既然不想要孩子，就没有必要去结婚。这是单身潮的另一个背景。

那么单身的人，是不是全都出于对责任的恐惧和对自由的渴望才做出这一选择的呢？其实处于单身状态的有两种人，一种是主动的，一种是被动的。先说被动单身的人，他们还是想结婚的，可一直碰不到合适的结婚人选。一个客观的原因是，中国近几十年出生婴儿性别比一直偏高。正常的出生婴儿性别比应当不超过一百零六，即每出生一百个女婴，不超过一百零六个男婴。可是很长一段时间内，我国的出生婴儿性别比高达一百二十，也就是女男婴儿数量比为一百比一百二十。于是，在达到适婚年龄的人群中，男性就多出来三四千万人。所以，很多单身的人是被动进入这个人群的，他不是不想结婚，只是找不到女人愿意嫁给他。这种情况在广大农村和中小城镇中尤为严重，彩礼要价很高，导致一些人根本结不起婚。这是一种被动的单身。

另外有一种自愿选择单身的人，他们是主动的单身，他不想给自己增加负担和责任，他想要自由，想一人吃饱全家不饿，想要说走就走的旅行。

我带的一个博士生就是这样的人，她获得博士学位之后找了一份工作，收入稳定。她在一个大学教了一段时间书就辞职了，自己一个人开车去西藏，去尼泊尔。回来以后她没钱了，就再去工作就业，有了钱就再来一场说走就走的旅行。这就是我所说的主动选择单身的人。

有些人自称母胎单身。跟某个人在一起前对对方有很强烈的好感，两个人因此走到一起。但恋爱后会莫名地焦虑和紧张，担心未来不是自己想象的那么美好，对于对方与自己的互动和回应极为焦虑，因此导致两个人都很累，感情最终无疾而终。回归单身生活后，竟然感觉单身生活是那么舒适、惬意，自身圆满。他实在太喜欢这种独居的生活方式了。

目前世界各国，尤其是西欧、北美各国，全都出现单身潮流，有超过人口半数的人选择单身，在中国选择单身的人也越来越多。那些主动选择单身的人，其原始冲动深藏于人的天性深处。人性中有贪图安逸、趋乐避苦的一面，单身就是一种最安逸的生存状态。许多处于单身状态的人自我感觉良好，认为这种状态轻松愉快，独立自主，没有人来打扰他的生活。

　　当然，单身的人常常会陷入犹疑和矛盾之中，有时又有与人交友恋爱的冲动。因此，尽管单身有不少好处，我还是希望大家能够敞开心门，在有机会的时候，不拒绝建立亲密关系的可能性。单身生活很轻松，但也会略显平淡。而美好的人际关系和亲密关系能够给人带来更多的快乐。如果你爱上了一个人，他能够给你带来丰富、有趣、快乐的感觉。在你生命即将终结的时候，恋爱会是那段最值得回味的、最有趣的、给你带来最多快乐的人生经历，所以我希望单身的人们不要太过贪图安逸了，不要觉得既然我已下定决心单身，就拒绝所有的爱情和亲密关系。你要用一种开放的心态来对待生活。如果你刚好碰上了爱情，碰上了一个非常可爱的人，你还是可以纵身投入恋爱之中，甚至去建立一个亲密的关系。

# 11
## 单身女性可以生活得快乐吗？

单身人的独居生活既有好处，也有难处。单身女性与单身男性相比还有一些性质不同或程度不同的好处和难处。比如一些单身女性与单身男性相比，对有没有孩子的感触更加强烈。没有孩子会给一些女人带来特别失落的感觉，因为她是想要孩子的，随着年龄的增加，她没有孩子的遗憾感会增强。所以有些女明星会选择去冷冻卵子，万一将来忽然想要生育，可以吃后悔药。还有些女人冻卵是为了在得到生育机会的时候，能使用她更年轻、身体更健康时的卵子，希望卵子的质量会高一些。对于女性冻卵还有过一些争议，原因是国家不允许为未婚女性使用生育辅助手段。这就牵涉到单身女性的生育权问题：如果一个女人不想结婚，但是想要个孩子，她有没有这个权利？

关于单身女性不能使用生育辅助手段的规定是从计划生育的角度制定的。在国家人口增长压力巨大的时代，单身女性的生育会导致人口增长失控，因此制定了禁止为单身女性提供冻卵或人工授精类的生育辅助手段的规定。在人口增速放缓和总和生育率低于更替水平之后[①]，这种担忧就没有必要了。

单身女性的生活还是有很多优越之处的，比如全部收入都是一个人支配，用不着去养家、抚育孩子。如果你是一个白领，就过白领水平的生活；如果你是一个大企业 CEO，年薪百万，那你就过富豪的生活，完全没有额外的负担。当然，单身女性的生活也许最终还是比不上嫁入豪门的女人，你不结婚就丧失了嫁入豪门的机会，只能自己养活自己。

单身的好处是，钱全都可以花在自己身上；不必因为婚姻

---

[①] 人口更替水平的总和生育率是 2.1，而我国的总和生育率已经多年保持在 1.6 的低位。

降低自己的生活质量；不必为家庭和子女付出；不必增加生活的责任和义务；不必牺牲掉自己的时间和生命。你可以有大量的精力做你自己想做的事，比如去旅游、看书、观影，做自己喜欢的事情。

# 12
## 什么样的人适合结婚？

现在有很多年轻人被逼婚、催婚，由此可见婚姻制度本身已经出了问题。婚姻制度都盛传要消亡了，还逼我什么？还催我什么？好多人会这样想。

其实，说婚姻制度即将消亡并不十分准确，应当说婚姻制度已经开始式微，也就是开始走下坡路了，想进入婚姻的人越来越少了。

这个变化是怎么开始的？最早是从北欧国家开始的，越来越多的人不结婚了，有同居的，也有独居的，但就不结婚了。

在美国和法国，20世纪末看到的数据中独居人口还只占总人口的 30%，但是在 2016 年，美国的独居人口在总人口中超过半数，法国也超过半数，在传统的东方国家日本都达到了40%。亚洲原本大都是家庭本位的社会，倡导男大当婚女大当嫁，但现在竟然也出现了庞大的不婚人群，是不是婚姻这个制度本身出了问题？

婚姻制度的式微原因众多，包括离婚成本特别高、离婚过程特别痛苦，等等。它的一个主因是妇女解放。在旧时的传统社会，劳动分工是男主外女主内，女人必须要嫁人，因为她没有独立工作挣钱的机会。现在男女平等了，在校女大学生率已经达到 50% 了，女性全都走出家庭参加社会生产劳动，有了自己的收入，那么结婚就不是女性生存的必要条件了，独居的可能性就大大增加了。这就是妇女解放导致的家庭婚姻制度的变迁。

东欧国家的独居人口也在增加。匈牙利的结婚率只有12%，剩下的人有三种状态，一种是独居，一种是同居，还有一种叫 LAT（live apart together），就是两个人是固定伴侣，但是各有各的住处，各有各的工作。这有点像媒体所说的周末夫妻，工作日各过各的，周末两个人聚一下，就是这样一种形式。当然，结婚率如此之低，在全世界也要算绝对的极端了。我记得匈牙利社科院社会学所长跟我讲，有一次他在中国人民大学做学术交流，他问人大的男生将来打算结婚吗，男生说会结婚。这位所长问我，这些人跟他说的是不是实话。我回答说，中国的男生说将来想结婚，那可能还真是这么想的。令我感到有趣的是这位匈牙利的社会学家为什么会有这样的疑问。我想，原因在于如果他问一个匈牙利的男生打不打算结婚，男生要是说打算结婚，就有可能是假话，因为只有 12% 的人会结婚嘛。由此可以看出婚姻制度已经出现了多么大的问题，人们正在慢慢地放弃这种亲密关系模式。

婚姻制度的式微还有一个大家可能注意不到的原因，那就是人类预期寿命的延长。在原始和前现代社会，人的预期寿命就只有三四十年，结了婚刚够把孩子养大，人就谢世了。所以没有什么可离婚的，没有时间产生离婚换伴的需求。

即使全世界的人都不再结婚，中国也一定是倒数第一或倒数第二个退出婚姻机制的，咱们的婚姻制度会延续得特别长。

因为中国人的价值排序是把家庭放在首位的，过于看重传宗接代和家庭的延续。所以，即使婚姻制度要完全退出历史舞台，中国也会是拖延到最后的那个国家。

不过，我国也出现了独居人口增加的苗头。20 世纪 80 年代的家庭调查数据显示，独居人口只占总人口的 2%，而我们 2007 年做大城市家庭调查时，独居人口的占比已经上升到 12% 了。这说明即使是咱们这么看重家庭的社会，婚姻制度也开始出现问题了。越来越多的人不结婚或者很晚才结婚；很多人结了婚，生了孩子，然后离婚了，离婚以后选择了独居的生活方式。

人类婴幼儿在成年之前的十几年时间内没有独立生存的能力，必须靠父母来哺育，给他提供生活来源、抚养呵护。婚姻制度的主要功能之一就是给婴幼儿提供生存保障。因此可反推一下，对那些不想生孩子的人来说，结婚也就没有必要了，这是合乎逻辑的结论。

如果某人根本不想生孩子，那他就不必结婚。结婚对他来说就成了一个纯粹的约束。本来我可以今天爱这个，明天爱那个，如果结了婚，就不能爱别人了，就不能移情别恋了，我就只能盯着一个人过一辈子。有很多人会感觉这种做法太不自由了，人为什么要平白无故放弃自由的生活方式去受约束呢？

那么将来婚姻制度的走向到底是怎样的呢？我的看法是这样的：婚姻制度不一定会完全消亡，可能会与其他亲密关系模式多元共存。

将来什么样的人还适合结婚呢？那就是发生了绝对排他的爱情的两个人。这两个人互相喜欢得不得了，他们俩只想终身厮守，心无旁骛，眼神和心思绝对不会从对方身上移开。就像罗密欧与朱丽叶一样，就像梁山伯与祝英台一样，感情好到我只属于你，你只属于我，对第三人是绝对一眼都不会看的。如果说婚姻制度还能继续存在的话，最适合结婚的就是这种人。

其他的人，那些心里根本受不了七八十年就盯着一个人的，天天想着我早晚得离婚的，或者没有找到愿意厮守终身的那个人的，不断结婚又离婚的，这样的人就不适合结婚了，他们很可能会选择留在婚姻的大门之外。

第 4 章

如何应对婚姻中的
危机

# 01
## 男性为什么应当分担家务？

　　男人应不应当分担家务，这是妇女解放争取男女平等事业当中的一个非常重要的议题。全国妇联搞过一个运动，提出要求男人分担家务的口号。男女平等对家庭关系来说为什么如此重要呢？因为男人是否分担家务不是"帮妻子干点活"这样轻描淡写的小事，而是牵涉到中国的家庭关系从男权的、男尊女卑的、男主女从的、男主外女主内的模式，转变为男女平等的模式这样一个变迁。这不是个小问题。

　　传统男权制社会实行男主外女主内的劳动分工。男人在外面打一份工，把钱挣回家；女人在家里相夫教子，承担所有的家务。这是男权制家庭的安排。进入现代社会之后，女人全都参加了社会生产劳动，也有了一份工资。如果回到家里以后，家务还都是女人做，那么女人就做了两份工，就会提出抗议。用学术语言描绘，这就叫女性的双重负担问题，因为男人只打一份工，女人打了两份工。她在外面做一份有酬的工作，在家里还要做一份无酬的工作，这合理吗？明显是不合理的。所以妇联才提出这样的口号，要求男人分担家务。现在已经不是男权时代了，不是男主外女主内了。既然女人也外出挣钱，男人就不能让女人做两份工，而应是和女人分担家务。

很少有人是因为家务活分配不好而离婚的，这件事的杀伤力还没有那么强。但是男人真的一点家务也不做，就会让女人越来越看不惯，不知道为什么自己一定要做两份工。我在调查中遇到过不少大男子主义的男人，虽然大男子主义的时代已经过去了，已经基本上结束了，可是大男子主义的观念还没有完全消退，有些男人会认为做家务有损他的男子气概。你会看到一些男人，一回家就往床上一躺，看电视、玩游戏，把家务全都扔给女人，好像这些活天生就该女人来干。

在调查中，我发现有的地方还残存着非常奇怪的习俗，以现代人的眼光来看，那是一些很奇葩的习俗。我在河北山东交界处的一个小村子做调查的时候，发现他们那里有一个习俗：吃饭时女人是不能上桌的，尤其在家里来客人时更是如此。那个村里的女人告诉我，如果老爷们儿在那儿吃饭，女人上桌往那儿一坐，全村人都要笑掉大牙的。

为什么男女如此不平等？男女平等的时代已经到来了，可有很多男权制家庭关系的习俗和观念被保留了下来。在人们的观念中，男人做家务甚至是很不像样的，他就不像个男人了。此类观念都是非常过时的，非常错误的。或许这种观念和做法还不至于导致离婚，但如果这种男女不平等的关系不加改变，婚姻迟早会遭遇危机。

## 02
## 如何处理婆媳关系？

婆媳关系是旧式家庭中最具张力的一种关系，也是最具戏剧性冲突潜质的关系。婆媳相处时，老公的作用至关重要。他夹在母亲和妻子这两个女人中间，一边是婆婆，一边是媳妇，婆婆是他的妈，媳妇是他的爱人。他是选择"娶了媳妇忘了娘"的立场，还是选择处处压制自己媳妇的大孝子立场？婆媳战争爆发时，他坐在哪一边，对这场战争的胜负来说是至关重要的。这个拥有丈夫兼儿子双重身份的男人的观念如何，这个家庭到底是以夫妻为主轴，还是以亲子关系为主轴，这是问题的关键。在中国传统家庭里，亲子关系是重于夫妻关系的；在现代核心家庭里，是以夫妻关系为主、以亲子关系为辅的。所以，如果这个男人是个现代的人，他就会以夫妻关系为主；如果他是一个传统的人，就会以亲子关系为主，这就是婆媳关系中男人的作用。

我看到一个 2013 年的数据，目前我国核心家庭（只包含夫妻及其未婚子女的家庭）已经占到全部家庭的 75%；主干家庭（三代同堂的家庭）占 18%；单身家庭占 16%。……现代的核心家庭是以夫妻关系为主轴的，与老辈的关系已经变成辅助的关系，作为老辈的婆婆已经丧失了权力。现代家庭关系的逻辑已经与传统家庭大相径庭。传统的家庭都是"千年的媳妇熬成婆"，为什么会有这种说法呢？就是因为在传统家庭里，婆婆是有发言权的，一切都是婆婆说了算。你看《红楼梦》贾府里那个贾母，她的地位简直是如日中天，什么都要管。在传统的家庭结构里，她确实拥有很高的地位和权力，所以她能掌管一切。但在现代家庭里，婆婆的权力被剥夺了，亲子关系不再是家庭的主轴，婆婆就降低为一个辅助的角色了，家里主要的事务和决策都是以夫妻为主。如果婆婆非要去干涉，她就越界了。

婆媳之间正确的沟通方式应当是什么呢？有一种流传很广的说法：婆媳之间是天敌。记得早年有一个电视剧叫《双面胶》，专门描绘婆媳关系主题。一个上海的媳妇和一个老家来的农村婆婆之间有种种的婆媳关系矛盾，当然这是现实生活的戏剧化表现。不过从历史和传统来看，婆媳关系的确是最难处的关系，丈夫夹在其中左右为难：我向着妈还是向着媳妇呢，她俩像天敌一样打得不可开交。婆媳关系有没有解决办法呢？最彻底的解决办法就是婆媳分开住。这是一个釜底抽薪的办法，本来打得热火朝天，就像一锅沸水，忽然把柴火撤掉了，小两口搬出去单住了，这就从根本上解决了问题。从社会学调查的数据看，夫妻婚后新居制已经十分普遍了。如果实在没办法，不得不住在一起（有18%的家庭属于这种情况），那就只能靠相互尊重、相互忍让了。但是住在三代同堂家庭中的夫妻要明确，婆婆只是亲属，不是领导。婆婆和媳妇的人格是平等的，不能说谁高谁低、谁主谁从。当代的中国肯定不是贾母的时代了，婆婆已经丧失了绝对的权威。既不能说婆婆高于媳妇，也不能说媳妇高于婆婆。即使是三代同居家庭，婆婆与媳妇也是平等的，婆婆应当摆正自己的位置。

## 03
## 国人为什么特别看重生育?

我专门研究过生育文化,写过一本书叫作《生育与中国村落文化》,研究灵感来自中国人在生育问题上的执念。如果中国人不这么看重生孩子,中国也不会成为世界人口第一大国。生育有很多社会功能,人们平时可能并未注意到。比如在乡土的社会、传统的社会,不是工业化的、现代化的社会中,生孩子有一个绝对的刚需功能就是养老功能。用民间俗话说就是"养儿防老"。

生育的养老功能是指在前现代的社会里,当人老了,劳动能力完全丧失了,不能再工作了,他就会同时丧失生活来源,陷入无法存活的境地，因为他是没有养老金和退休金的。另外当人年老后，在完全丧失了生活自理能力和活动能力的时候，他需要卧床，需要别人的照料。所以生孩子是一个生活在前现代家庭中的人的养老保障和养老投资。

中国的法律规定，子女是要赡养老人的。不赡养老人是违法的。有些不被赡养的老人会把儿子告上法庭。但是其他国家并非都有这种法律，好多国家并没有把赡养老人规定为孩子的责任和义务。

费孝通写过一本《生育制度》，提出中国是反哺模式，西方是接力模式：中国的老一辈父母生孩子、养孩子被视为恩情，孩子在父母老了的时候要反哺父母，这是中国文化中的报恩逻辑，也是一种习俗和制度。西方就是一代一代往下抚养，叫作接力模式，父母养孩子也不算什么恩情。西方人不会觉得父母生了我养了我就是对我有恩，所以他们也不需要报恩。这种区别的成因在于，中国几千年来是一个乡土的社会，绝大多数人住在农村，城市很少，没有现代的福利制度、养老制度，社会养老只能覆盖到特别少的一小撮人。西方是工业社会，人到老年可以不靠孩子赡养，而是靠自己年轻时购买的养老金，或社会福利制度来养老。

生孩子的另一个功能是传宗接代，这一功能在中国类似一种世俗宗教。中国文化中并没有人们普遍信奉的宗教。中国人的祖先崇拜起到了世俗宗教的作用。中国人并不相信自己死后有灵魂，所以他的生命是通过一代一代的子孙传下去的，香火绵延，生生不息。因此在中国文化中，生孩子就染上了世俗宗教的色彩。

有人毫不犹豫地生孩子纯粹是出于惯性，看别人都生就会想，我为什么不生？我怎能不生？在如此看重生育的国度，人们会背负舆论的压力、习俗的压力。中国文化中有很多骂人话是涉及生育的，比如诅咒某人绝户、断子绝孙。可是在西方文化的语境中，骂人话里就没有诅咒别人断子绝孙之类的话。在西方社会中，如果你诅咒一个人断子绝孙，他会感到莫名其妙：怎么了？我要是不生孩子就怎么了？他不觉得你在骂他。而在中国，这一诅咒之所以严重，之所以能够成为一句杀伤力很强的骂人话，就是因为整个社会心理中都存在着这样一个逻辑：如果一个人没有孩子，那就是一场大灾难，这个家的香火就要断了，这个家就完蛋了。所以很多人只是在凭着这种惯性生孩子。

当然，有很多有现代观念的青年，他们生孩子只是由于单纯地喜欢小孩而创造出一个小小的生命，那是他们爱情的结晶。很多青年是因为爱情而结婚的，爱情就像花儿一样盛开，而孩子就是爱情之花结出的果子。他们愿意看着小孩一点点长大。仅仅因为孩子可爱，付出的所有辛苦就很值得。

孩子的出生对夫妻之间的感情会有怎样的影响呢？影响可以大致分为两类，一类是正面影响，一类是负面影响。正面影响是指本来两人感情就很好，现在又生了一个孩子，他有点像爸爸又有点像妈妈，既聪明又伶俐，孩子的存在会让夫妻的感情变得更好。

但对有些人来说，生孩子会对他们的感情产生负面影响。原来两个人感情挺好的，过着二人世界，自从有了孩子以后，妈妈就把情感全都转移到孩子身上去了，不怎么搭理老公，忽略老公，这可能会对夫妻关系造成负面的影响。那些特别看重对方是不是爱自己、是不是把全部心思都放在自己身上的夫妻尤其如此。对这样的夫妻来说，应当注意只把部分关注转移到孩子身上，不要忽略了配偶的感受。

# 04
# 如何判断该不该生二胎?

国家现在已经全面放开二胎，独生子女政策实行几十年了，从 2011 年开始试行双独二胎，即夫妻双方均为独生子女的允许生二胎；2013 年开始试行单独二胎，即双方有一方是独生子女的可以生二胎；2015 年开始全面放开二胎生育，即无论双方是否为独生子女都可以生二胎。

那些已经有了一个孩子的夫妻要不要生二胎，该怎么样来做决定? 我认为可以考虑以下三个因素。

第一，要考虑养孩子的成本。现在大家都不愿意多生孩子，孩子养育成本越来越高是一个主要的原因。过去在农村养孩子，成本不高，多生一个孩子就像多往锅里放一瓢水、扔一把米那么简单。现在的孩子从一出生就被百般呵护，养育孩子的成本大大增加。中国从一个非常贫穷的国家走向了小康，解决了起码的温饱问题之后，大多数人的生活水平都提高了，养孩子的成本也水涨船高。为了不让孩子输在起跑线上，竞争相当激烈，不仅吃穿住用标准提高，还要为孩子提供好的教育。为什么学区房比一般的房子卖出更高的价格呢？因为其中包含了养孩子的因素，所有的父母都想让孩子受到更好的教育，形成了激烈的竞争。总之，在考虑生二胎时，一定要考虑养孩子的成本是不是能负担得起，是不是会拉低家庭人均生活水平。

第二，要考虑自己的人生安排。在过去完全没有实行过计划生育的时代，男女两性的社会劳动分工是不同的，基本上是所谓的男主外女主内。男人挣钱养家，女人操持家务。只要家里有能力养孩子，就一定是生得越多越好。女人能生多少生多少，一生生育十几个孩子的大有人在。女人并不外出工作，就在家里专心致志地生孩子、养孩子，相夫教子。现在社会变迁了，中国女性人数在劳动力市场上已经占比41%，就是十个工作人口中，有六个男人，四个女人。年轻一代的女性绝大多数都会就业，都会有自己的事业，这就有必要考虑自己人生的安排了。比如再生一个孩子对自己的事业会有什么影响？生养孩子要付出大量精力，至少要休产假，育儿期长达一年到三年。女性需要考虑，这是不是你喜欢的生活方式，你愿意不愿意过这样的人生。这也是考虑要不要生二胎时的不可忽视的因素。

第三，要考虑孩子的成长环境。比如要不要让孩子享受兄弟姐妹的陪伴，孩子的感受也是一个需要考虑的因素。独生子女是一种生存环境，从小到大就没有伴，这个孩子成为关注的中心，不可预期的负面效果是，孩子会变得比较自私、不合群。让孩子在一个有兄弟姐妹的环境里成长好一些，还是让他一个人长大比较好，两种选择各有利弊。从小始终受关注、被寄予希望的孩子，也许会成长得更加优秀。他所有的才能都会被开发出来，他的人生也更加圆满。假如你们生了二胎，他就会有一个弟弟或妹妹。将来万一计划生育进一步放开，你还可以考虑生第三个、第四个，孩子就会在另外一种氛围之中长大，他会收获更多的手足亲情，也会有更多的陪伴。兄弟姐妹之间会有交互影响，大孩子对小孩子的引导，兄弟姐妹之间的亲情，都会对这个孩子的人格产生影响。

总而言之，要点在于完全遵循自己的欲望、自己的意愿，不要压抑。如果你怕太劳累，怕降低生活水平，也不要因为现在允许生二胎了就去生。不要迫于别人的压力委屈自己，仅仅因为父母要求你生个二胎，你就压抑自己的真实想法，被迫去生。当然，如果你从心里就很想再要一个孩子，那就去生，只是不要做自己不情愿的事。在要不要生二胎的问题上，要完全跟着自己的感觉走，按照自己的真实意愿、按照夫妻两个人的共同意愿来做决定。

**05**

# 如何看待领养？

　　有人问在国内怎么能够正规地领养到小孩。一般来说，我们全国各地都有民政部门建立的儿童福利院，可以到儿童福利院去办理领养手续。领养手续非常正规。在领养成功之前，有登报寻找孩子父母的法定程序。公示期过后父母没有来认领，领养手续才能正式成立。此外，还会有一些特殊的规定，比如说异性别父母与被领养者有年龄差规则，单身男性领养女孩的年龄差为四十岁，以保障女孩的安全。

　　中国文化中有一种陈腐的观念，即领养的孩子无论如何也不如亲生的孩子。其实孩子到底是谁的骨血、遗传谁的基因，真有那么重要吗？"生"和"养"这两者中，"养"其实也很重要。如果一个人从特别小就把孩子养大，尽到了父母所有的责任义务的话，也会得到一个亲生的孩子对父母的那样的感情。不可以认为，由于他的身份是养子，就一定与养父母不亲，或者一定与养父母有隔阂。中国文化似乎特别看重血缘的因素，认为不是自己亲生的孩子，就不会跟自己很亲，长大以后会很麻烦。其实生固然重要，养也很重要。养育孩子的过程中家长付出的情感、时间、精力、金钱，一定会得到回报。只要引导教育得当，跟自己亲生的并不会有什么太大的区别。

我们看到国外有很多人来领养中国的孩子，有些人还专门领养残疾孩子。孩子的亲生父母很残忍地把残疾孩子抛弃了，可一些爱心人士会特地去孤儿院领养这些残疾孩子。这种完全出于慈善心理的领养，对国人来说还是比较陌生的，它比起一般的领养显得更加高尚、更加慈悲。

我们还观察到，好多外国人领养的都是女孩。因为中国传统文化是重男轻女的，所以大多数被扔掉的是女孩。古代有些地方有溺女婴、遗弃女婴的习俗，这源于男权文化的重男轻女。我们看到一位被美国人领养的中国女孩已经成为了世界体操锦标赛的冠军，非常优秀。

在领养的问题上，我认为国人的观念应该改一改了，不要把血缘、把是否自己亲生看得那么重，不要把亲生还是领养的区别看得那么重。对于那些出于慈善之心领养弃婴的人，更加应当仰视。

**06**

# 国人为什么重男轻女？

很多女人生了孩子以后都能发现，周围人对婴儿性别的态度有微妙的区别。表面上说生男生女都一样，可是你能从人们的表现、表情、态度看出来，人们总是更加偏爱男孩，有的人会更加粗暴、更加直接地表现出来，他们就是喜欢男孩。你要是能生个"带把儿的"，就比生个女孩让人高兴很多。这种偏爱是令人觉得无奈的，它是深种于社会心灵深处的非理性感觉。男权文化有数千年的历史，社会心理中的重男轻女旷日持久。如果中国的社会心理不是这样的，就无法解释出生婴儿性别比持续偏高的现象，中国的婴儿性别比高达一百二十，远远超出自然性别比的上限。各个地区持续多年的出生婴儿性别比居高不下，明显反映出不正常的、有性别偏好的终止妊娠，女婴被流掉了。重男轻女已经造成了很严重的后果，即男女人口比例的失衡。人口学家的统计数据表明，适婚年龄的男性比女性多出三千多万，这是一个非常严重的社会问题。

中国一直在宣传男女平等的思想，但社会观念和社会心理的改变谈何容易。记得有一次我在农村调查，看到路边电线杆上挂着一条标语："女孩也能传宗接代。"在传统观念中，女孩结婚嫁走了，生了孩子也不能冠娘家姓，不能传递自己家的香火。这些宣传语希望改变人们的观念，传播"女孩也可以传宗接代"的观念。

计划生育政策为中国带来了一个始料未及的后果，一个对中国人传统生育观念的颠覆性的冲击，那就是以下事实：在城市实行独生子女政策的几十年间，城市中一半的家庭没有男性后裔。因为生男生女的比例接近50%对50%，有整整一半的家庭只有女孩，不得不由女孩来传宗接代。中国的观念和习俗要求孩子冠父亲姓，不能冠母亲姓，这一习俗源远流长。因为过去都是男系继承制，在农村至今还可以看到一些宗族祠堂，女人的名字是不能进入宗祠的。族谱中一向只有男性后裔的名字，只有男性祖先的牌位供人祭拜。传统就是这样重男轻女的。独生子女政策的着眼点原本仅仅是控制人口，没想到歪打正着，整个颠覆了中国男系传承的观念。按照传统的观念，家里的生活资源、教育资源都是向男孩倾斜的。可是在家里的独生孩子偏偏是一个女孩时，家长也没辙了，只好把全部资源放在女孩身上，这对生活在男权制中国的女性来说，是不幸中之万幸。

重男轻女的观念对女性是很不公平的，但由于它是文化习俗，人们也很无奈。我在农村调查时访问过"双女户"：一个母亲第一胎生了一个女孩，公公婆婆就很不高兴，生第二胎又是女孩，家里人就极为不满了，简直就鼻子不是鼻子脸不是脸的了，非常恐怖，搞得儿媳妇痛不欲生，抬不起头。

有一位网友对我说，她的男友竟然对她说即使出轨代孕也要生男孩，搞得她十分尴尬。我对她说，如果这个男人是这样想的：他的女友、未来的妻子没生男孩的话，他宁肯去出轨，去生一个私生子，或者找人代孕，也一定要生个男孩。这样的男友你要他干什么？你不要嫁给他。遇到这样的人渣应当远离，根本不去搭理。男友的这种想法和做法完全是非理性的。从正常的理性角度来看，男孩和女孩从人权到人格都是平等的。传统习俗的观念不仅是非理性的，还是很愚昧很可恨的。一个人不惜破坏自己的家庭，践踏自己与妻子的感情，都非得要个男孩不可，这种想法和做法简直是令人发指。从这个小小的案例来看，中国人要真正把重男轻女的观念改变过来，恐怕还需要很长的一段时间。

中国女性可以把希望寄托在现代化、都市化的过程上面，受过良好教育的人就会拥有男女平等的想法，就不会重男轻女了。在国家最终实现了现代化和都市化之后，这些愚昧的重男轻女的思想将会渐渐退出历史舞台，而我们的最终目标是争取实现完全的男女平等。

# 07
## 如何对待出轨?

世界不同国家、不同年代的调查结果显示,婚内出轨率大都集中在 40% 左右,也就是说,有四成的婚姻有出轨现象。澳大利亚 43%,美国 42%,他们做随机抽样调查,这个数据应当是比较可靠的。调查方把一生中有一次出轨的人都统计在内,不包括单纯的精神出轨。

在中国,改革开放之前的婚姻出轨率应该是远远低于 40% 这个比例的。我在 20 世纪 80 年代末做的调查中,只有 6.4% 的人有过婚外恋经历,这与中国对于婚外恋的严厉处置有关。早年法律上有过破坏家庭罪这个罪名,如果搞婚外恋,就是破坏了人家的家庭和婚姻。早年对于婚外恋还会给行政处罚，常常见到丈夫有了外遇，妻子跑到单位去闹，于是单位就会给他一个行政处分，包括不给他提工资，影响晋升，或者降级、记过之类的行政处罚。但是从改革开放开始，单位对婚外恋的行政处罚被取消了。这就可以解释为什么以前婚外恋出轨的现象比较少见。目前虽然没有一个特别精确的统计数字，但是估计发生率也会接近世界的平均水平。

记得有一次我跟一个旅游团去北极，船上80%的人都是企业家，他们跟我聊天时说，情人现象非常普遍，根据他们的说法，在这个阶层几乎达到人人都有情人的程度了。在离婚案件当中，出轨也成为一个越来越重要的原因。尽管离婚的原因有很多，感情不和、家暴，等等，但是因出轨导致的离婚越来越多，婚外恋问题越来越成为人们的焦虑集中点。

现在南方出现了一个新的行当，叫作小三劝退师。丈夫有了小三，原配夫人就通过这种机构劝退，给点钱，或者通过威胁、劝阻等等办法来挽回婚姻。据说这个行业的需求量还挺大的。

出轨是违反婚姻忠诚承诺的行为。在结婚的时候夫妻承诺要相互忠诚，一旦出轨，就违背了忠诚承诺，就犯了道德错误。2000年《婚姻法》修改时，出轨问题引起过很大争议，当时有一派主张严厉处罚出轨，想恢复通奸法。有一个专家稿上写入了这样的条款：夫妻有相互忠诚的义务，如果一方违背忠诚义务，另一方有权诉诸司法干预，也就是让警察来抓奸。这在当时引起了很大的争议。这个问题之所以能够被提上议事日程，是因为出轨的情况已经相当严重了，有些人想用法律的手段来加以制止。

我们社会学界的观点基本上是否定的。我们提出的理由是，在任何情况下，让政府的公权力来干涉个人隐私，甚至把他们入罪判刑，这种做法是不合适的。假设出轨婚外性行为可以达到40%，得耗费多大的警力才能制止此类行为啊。这是很不现实的，根本无法实操，所以最后就没有写上这一条款。我们这种意见占了上风。

那么什么是对出轨行为的正确处置办法呢？既不应当是司法的干预，也不应当是行政的处罚，而只能靠道德谴责的方法来解决这个问题。实际上，离婚也算是对出轨的一个惩罚。如果你要搞婚外恋，你就可能失去婚姻。但有人认为这种办法也有问题，对于那种陈世美式的丈夫，对于那种原本就想甩掉原配夫人的丈夫，离婚不但不是惩罚，倒像是正中下怀。如何处置出轨，这个问题的确很复杂，所以才引发了大规模的社会焦虑，才会引起那么大的争议。情感问题不能通过法律、行政手段加以解决，只能用与问题性质相对应的手段来解决。夫妻的情感问题若用法律手段和警察介入的办法来解决，不但问题解决不好，还会导致个人隐私的泄露和伤害。因为婚姻的背叛、出轨，跟一般的错误和刑事犯罪有区别。假如一个人是个小偷，他偷钱，你把他抓到以后可以惩罚他，把追回的钱还给被偷窃的人，双方各得其所，社会公正得以实现。但婚姻不是这样的，假如一个人去偷情出轨了，你抓住了他，惩罚了他，可他已经移情别恋了，他最终无法像小偷还钱那样把感情再还给他的配偶。这是性质不同的事情。所以，这种违背婚约的行为只能用道德谴责或者离婚的办法来解决。

世界上每一对恋人的关系都不会是一模一样的。假如两人本来感情就有问题，也可能导致出轨。针对出轨行为，没有一个像刑事犯罪那样简洁的解决方案。在男权社会中，男性出轨率大大高于女性出轨率。20世纪40年代的美国，男人出轨率是64%，女人出轨率是26%。但是经过妇女解放运动，实现男女平等以后，女性在各项指标上都追上了男性，包括婚外恋、婚外性行为的比例。

中国的情况也是如此，不仅有男人出轨，也有女人移情别恋。她爱上了另外一个人，这也是可能的。在出轨发生后，如果两个人感情基础好，那么就可以通过一方认错一方原谅的办法来解决。如果一方已经移情别恋不愿回头了，也许就只剩离婚一条路可走了。

有这样一种说法，通奸是文学艺术唯一的主题。此话说得有点极端，但是不能不承认，出轨、通奸虽然不是文学唯一的主题，但说它是文学家特别钟爱的主题却一点没错。

霍桑在19世纪中期写成经典文学名著《红字》。《红字》的故事情节是一个传教士和一个女人通奸，生了一个孩子。当时对通奸的处罚是非常重的，通奸的妇女要在衣襟上戴一个红色的 A 字，A 是英文通奸（adultery）一词的首字母。这个女人没结婚就有了一个孩子，显然属于通奸。于是她就被迫戴上了红字。但当人们问起谁是孩子的父亲时，她始终不说，一直保护着这个男人的声誉。这个男人内心极为矛盾，他不但要掩饰自己的通奸行为，还要经常布道，给教众宣讲反对通奸的宗教原理、道德。所以，他内心痛苦至极。最后，他终于精神崩溃，当众承认了自己的奸夫身份。在坦白的时候，他当众敞开了衣襟，在他胸前的肌肤上竟出现了一个红色的 A 字。

霍桑用这种超现实主义的手法来表现男主人公心灵上的极度痛苦，表达得非常好。《红字》使人们对那个时代美国的社会氛围有了一个感性的了解。人们一说起美国，印象就是性的随意和混乱，其实那是在性解放运动以后才出现的状况。美国两百多年的历史的开端，是一帮受迫害的英国清教徒乘坐"五月花"号跑到美洲大陆去生活。他们都是清教徒，宗教的社会氛围相当严苛。

人总是人，不是神。企望把人变成神是愚蠢的；要求普通人成为神是虚伪的、残忍的，只能使人变成伪君子和假道学。

人有七情六欲，即使是一个传教士，也会有身体的欲望。当他做了这种事情之后，周围的氛围使得他不能够公开承认自己的过错，这种隐瞒令他痛苦不堪。尼采有一次抨击基督教的反性禁欲教义，他说，在人类所有的活动中，无论是政治的、经济的还是军事的活动，都是一种零和游戏，唯独性爱是双赢的，可以为双方带来快乐。可基督教偏偏把性视为犯罪，显得不近人情，违反人性。基督教给人类唯一一件本是双赢的活动（性活动）加以负面评价、加以压抑是不智的，这为人们平添许多焦虑和纠结，使人与自己原本自然无害的本性相对立。《红字》描写的就是这种压抑造成的悲剧。后来每当讲到婚外恋、通奸的问题时，我都爱引用这本书，因为它揭示了一种表面上道貌岸然的宗教伦理实际上是残忍、不近人情的。它告诉我们，有时道德和习俗能够变成一种很残忍的力量。

在这里，我引用书中几个精彩的段落：

"然而若论他的天性，是很少人能够像他那样地爱好真理，厌恶虚伪。因此，他厌恶他不幸的自我比一切都更甚！在丁梅斯代尔先生深锁的密室里面（心里），有着一条血淋淋的鞭子。"传教士身为通奸者而又厌恶虚伪，内心的矛盾无以复加。宗教对自然肉欲的压抑是另一条鞭子，更加残忍，更加没有道理。

"像他这样一种虚伪的生活，真是有说不出来的痛苦，因为在这样的一种生活里，我们四周的一切现实，本是上天赐给人们的精神上的喜悦和滋养，现在它的精髓与实质却都被偷盗去了。对于不真实的人，全宇宙都是虚伪的，全宇宙都是无实质的。"人不可以使自己陷入虚伪的生活，否则，生活将成为酷刑，没有快乐。

"诚实吧，诚实吧，诚实吧！纵使不把你的最坏之点坦白地显示给世界，也要表示出某些迹象，借此可以使人推想到你的最坏之点。"不要以虚伪面目示人，因为那样做最终会受到内心的折磨。

"到了一个更光明的时期，到了世界成熟的时候，到了天国降临的时候，必将显现出一种新的真理，使人得在双方幸福的更坚实的基础上，建立起男人与女人的全部关系。"黑暗的时代使两性得不到和谐相处的幸福和爱与性的快乐。一个合理的社会，应当是两性关系幸福度最高的社会。我们应当把这种压抑降到最低，一个最合理的社会，是压抑最小化、快乐最大化的社会。

书中有这样一段话对我也很有启发："思想方面最大胆的人，时常以最安详的态度来顺依社会的外部规律。仅只思想就够他们满足的了，绝不想授予那思想以行动的血肉。"看到这段话，我知道该如何回答那些关于我在性领域的大胆思想为什么没有行动相配合的质疑了。有好多人常常问我：你是研究性的，那你在性上都是怎么做的，是不是很开放？这还是比较善意的问法，有一种人就会问，你既然不喜欢一夜情，干嘛提倡？

我研究一夜情，研究婚外恋，并不等于提倡这种东西，我所说的只不过是对他们不应该处置得那么严厉而已。虽然我在思想上觉得一夜情是无所谓的，但我并不一定自己就愿意或喜欢尝试一夜情。当我说一夜情不应该用刑法（抓捕、判刑、坐牢）来处罚的时候，并不是提倡大家都去搞一夜情。一个社会完全不制裁婚外恋是不可能的，但是我们应当把压抑降到最低，这样才能够让人们的快乐最大化、压抑最小化，这样的社会才是我心目中的理想社会。

从要求通奸的女人佩戴红字，到现在对出轨女人特别严厉的道德审判，这些对女性的压迫一直存在。古今中外都曾经是也仍旧是男权社会，在很多问题上都会有男女双重标准，尤其在性的问题上。男人可以去犯点错误，但是如果一个女人出轨了，就要受到严厉的惩罚。古代中国会将通奸的女人浸猪笼，大家看《白鹿原》也可以看到，人们对通奸女人的惩罚更加残酷。这是非常不公平的做法，是渗透男权社会的男权价值观的做法。这是一种传统的、欺负人的、压迫妇女的伦理道德。在男女平等的时代，在我们所争取的男女平等的新秩序中，批判和消灭在性问题上的男女双重标准必定是题中应有之义。

**08**
## 如何对待家暴?

　　家庭暴力,主要指的是夫妻间的家暴。实际上家庭暴力还应该包括针对老人和儿童的暴力。在中国,很多家长相信"棍棒底下出孝子","孩子不打不成器"。孩子被打得越多,将来才会变得越好,三天不打上房揭瓦,孩子不打能学好吗?人们好像完全不以为意,不会觉得这样做有什么不对。其实这也属于家庭暴力的范畴。但是一般来说,大量的研究关注的还是丈夫打老婆的情况。世界各国都有关于家庭暴力的统计和研究,有的国家还设有家暴庇护所,一些被家暴的妇女没办法在家里过下去,只好跑到庇护所去暂时避一避。

家暴的比例到底是多少？我看到美国的数据，有家暴行为或经历家暴的夫妻占全部夫妻的25%，就是说每四个妻子就有一个遭遇过家暴。在20世纪80年代末我做过一个调查，发现至少打过一次女人的男人占比21%。当然其中打得特别严重的，要算司法轻伤的，打到住院程度的不超过1%。记得当时这个数据出来以后，大家好像都很震惊。当时正好我哥哥在一个报社工作，报社里有一个打招呼的编前会提到，有一个女社会学家说咱们中国的家庭暴力达到21%。大家都觉得这个比例高得难以置信，不可能有这么高的比例，这不是丑化中国吗？我哥哥回来就问我："这个女社会学家是不是你？"我说："对，是我。"我很气愤地反驳道："咱们中国的家暴比例怎么就不可能是21%？你如果不相信社会调查的结果，你说不可能是21%，那你说是多少？"后来全国妇联也做过一次调查，结果他们得到的数据甚至更高一些，是30%。他们的调查样本是全国样本，包括农村在内，我的那个调查只是在北京。

家暴有两大类，一类是暴力倾向导致的，另一类是由男女不平等因素导致的。好多男人觉得打老婆是一件小事，尤其是那些比较愚昧的人。他们把老婆当成奴隶一样对待，好像老婆只是一个女仆，她得为他们干家务，得伺候他们。女人稍稍做错事，非打即骂。这是非常恐怖的，反映出传统中国妇女地位低下。数年前，中国专门将防止家庭暴力写进了《妇女权益保障法》，告诉妇女在面临家庭暴力的时候应该如何保护自己，要到居委会去寻求帮助、寻求保护。如果暴力程度特别高，伤害非常严重的，到了司法轻伤程度的，警方就会介入，施暴者将受到法律的制裁。

不过，家暴的受害者有时也不只有女性，也有少数女人对男人实施家暴。大家听到这种情况一般会哈哈一笑，觉得难以置信。因为在大多数人眼中，女性是弱势群体，女性家暴男性会让人觉得很怪异。在我的家暴调查中发现，与男人打女人（21%）相对应，打过男人的女人也占比15%。但这种情况大多是对打，就是还手，比如说男人要打女人，女人反抗了，两个人就厮打起来，这也占一个不小的数额。

家暴的主要受害人还是妇女。妇女应当学会用法律的手段保护自己，向法律求助，或者向社区居委会求助，争取他们的保护，制止家暴。有些妇女有"家丑不可外扬"的想法，所以会隐忍不报。这种想法是不对的。家暴不是什么小小不言的家丑，而是很严重的问题，甚至是刑事犯罪。受害者身体受到伤害，心灵也受到伤害，千万不要因为害怕家丑外扬就不去寻求帮助，不去反抗，不去揭露，不去制止，否则会沦为深度受害人。女性一定要有这种自我保护意识。

# 09
# 如何看待婚内强奸？

婚内强奸是一个长期以来一直存在争议的话题。有两派意见：一派认为应当设立婚内强奸的罪名，另外一派反对设立婚内强奸罪。反对派的主要意见是什么呢？他们认为，既然夫妻缔结了婚约，妻子就有义务配合丈夫的性行为，他就有了一纸合法性交的证书。无论是不是强奸，由于夫妻关系是受到法律保证和批准的，婚内强奸罪就不便设立，也不能成立。

而赞成派的理由是，一个人无论结婚与否，都拥有独立完整的人格。尽管结了婚，人依旧拥有人身不受侵犯的完整权利。这个权利并不因为跟某人缔结了一个婚约而失效。强奸就是伤害，无论受害者是已婚还是未婚。只要实施的是强奸行为，不管是婚内还是未婚都是犯罪，都应当受到惩罚。这一观点的理论背景在于，一个人的人身基本权利并不会因为身份契约的改变而改变，他的人格、身体、权利在任何情况下都不能被随意地剥夺，随意地侵犯。

在中国，婚内强奸类案件出现过几例。记得有一例婚内强奸罪判例的具体案情是这样的：一对夫妻在离婚的过程中，妻子已经回娘家了，已经搬出去单独居住了，但是婚姻关系还没有解除。丈夫带着他的哥们儿，他的那些兄弟、堂兄弟、表兄弟，跑到女人的住处，把这个女人捆起来轮奸了。

婚内强奸这个问题确实是有点复杂。女权主义者提出这样一种说法：只要女人说不，你还要继续做下去的话就是强奸。这是最激烈、最极端的看法。有人反驳说，有时女人嘴里说不，其实心里说的是要，她是故意推诿，欲擒故纵。表面说不喜欢，不想要，可心里想的是要。这两种意见也是争得不亦乐乎，纠结在当女人说不的时候，是否就一定意味着不。

比如一个女人感到很累，她说我不想做，这是在说不。但男人还是坚持做了，这种情况下强奸罪并不成立。如果这个女人非常坚决地拒绝，我就是不让你碰，我就是不和你做，这个男人仍旧采取暴力手段强行去做，这种情况下强奸罪就成立了。由此可见，判断婚内强奸罪成立与否是比较复杂、困难的。

如果一个女人真正地遭到了婚内强奸，她应该怎么办？她应该保留证据。因为在她坚决拒绝、激烈反抗的时候对方还要强行侵犯，必定会留下一些证据，比如说伤痕、被撕破的衣物，可以保留证据以便寻求司法帮助。或许离婚才是彻底摆脱婚内强奸犯罪的最终办法。

# 10
## 如何看待同性恋？

一般人总是非常关心同性恋者在人口中的比例。在中国并没有特别好的随机抽样统计数据，但是我们有两类调查资料，能够推论出比较接近真实情况的比例。一类是国外做过的精确调查统计的数据。美国的数据是男同性恋者占人口4%，女同性恋者占3%。英国的全国性调查数据显示同性恋者占比4%，双性恋者占比4%，有1%的人未分化（性向未确定）。

另外一类调查资料显示，无论一个社会对同性恋的态度是特别严厉，还是比较宽松接纳，同性恋者在人群中都保持了一个相对稳定的比例。只不过在那些特别歧视同性恋的社会，同性恋者就会转入地下，不公开身份。据此，我们估计同性恋者在中国应该占人口的 3% 至 4%。拿十四亿来推算，就是四千二百万至五千六百万之间。这里面当然包括了潜在的同性恋者（未成年人），四五千万人应该是有的。国内最大的同性恋平台 blued 拥有近五千万用户，这也是一个佐证。

人们对同性恋者有一个误解，就是认为他们的性伴特别多，总是不断地换伴。这种状况的形成是有客观原因的。由于没有同性婚姻，固定的亲密关系比例就会比较低，流动性就会比较大。女同性恋者倒是比较喜欢一对一的关系，很多女同性恋者都有长期的一对一伴侣，比男同性恋者更关注情感关系。

从性病传播的角度来看，艾滋病的传播率在男同性恋者里的比例是最高的。一些新发生的艾滋病病例，很多都是男同性恋者；其次是异性恋者；女同性恋者的性病传播率是最低的。由此可见，女同性恋者之间的性活动除了快感率高，还比较安全。

性学研究为社会做出的最大贡献之一就是让人们知道，社会上有这样一群人，他们对异性的感觉与众不同，他们的性唤起机制与占人口大多数的一般人是不一样的。他们不是被一个异性唤起，而是被一个同性唤起，区别仅仅在这里。这个人群是一个客观的存在，他们应当有按照自己的性倾向来生活的权利，有实现自己的性欲望的权利。一般人没有理由去歧视他们。这就像左撇子一样，大多数人都是右撇子，有一些人却习惯用左手。我们看待同性恋者就应该像看待左撇子一样，他们虽然在人群里占少数，但是他们也不知道自己为什么是这样的，而他就是这样的，所以你就照他本来的样子来尊重他就是了。

有的孩子在青春期前后发现了自己的同性恋倾向，感到特别恐慌，特别孤独，以为自己是变态——我怎么跟别人那么不一样。我在调查过程中也碰到很多这样的案例，他们以为全世界只有自己是这样的，别的人都不是。由于同性恋者在人群里属于绝对少数，所以一开始发现自己有同性恋倾向的时候就特别惊恐。他慢慢地读了一些书，受到了性教育，才会知道自己跟别人的不同是怎么回事，知道这并不是特别恐怖的事，自己并不是绝症病人，只不过性倾向有点与众不同而已。

当同性恋者慢慢地形成了自己的身份认同之后，他就会产生其他的疑惑：要不要让周围的人知道，该怎样让周围的人知道？后来有一个专用名词描述这种情形：出柜。为什么叫出柜呢？西方有一句谚语：每个人的衣柜里都有一具骷髅。意思是说每个人心里都有点见不得人的事情，或是不愿意让别人知道的事情，这恰恰是同性恋者的共同体验。他们发现自己与众不同以后，就觉得自己的衣柜里有一具骷髅，不知道该怎么办，要不要告诉别人。出柜的问题就这么形成了。

在中国，同性恋者出柜的问题显得尤其严重。西方家庭关系比较松散，父母跟孩子之间的关系没有那么紧密，他们生活在个人本位的社会氛围中。孩子到十八岁以后，他要上大学，父母给他出钱，他都要写借据的。所以西方的同性恋者对于向父母出柜这件事就没有那么大的心理压力。中国不同。中国人发现自己是同性恋者以后，出柜让父母知道，父母简直就伤透了心，痛苦至极。我接到过好几次这样的电话，有一次有一位中年男子打来电话，说发现儿子是同性恋者以后，他的妻子，也就是孩子的母亲要自杀，问怎么办，想让我劝劝那个母亲。所以出柜在中国真的是一个非常非常严重的事情。

如果你不出柜，到了岁数家里就会逼你结婚，要给你介绍朋友。见面、相亲，所有人都急得不得了，逼迫你。这些同性恋者怎么办呢？他或早或晚会面临将自己真实的性倾向告诉父母的困难局面。有人为了避免出柜就搞形式婚姻。所谓形式婚姻就是有形式无内容的婚姻，一个男同性恋者找一个女同性恋者，两个人假装结婚应付父母。他们俩事先约定，两人根本就不是真正的夫妻，可以各自过自己的生活，找自己的同性朋友。

形婚只不过是一种权宜之计，比较好的办法还是对父母说清楚。但是出柜时一定要谨慎，要讲究策略。尤其在中国，有时候要用迂回的手段。比如先让能够跟父母说上话的、父母比较信任、比较亲近的人知道。先让他们接纳了，父母可能会比较容易接纳。不管是叔叔伯伯还是兄弟姐妹，又或是好友，先让他们知道，然后再向父母出柜。

我们见到一些用太过激烈的方式出柜所导致的悲剧。有个真事，是同性恋亲友会的一位负责人告诉我的：有一个男生出柜以后，他的父母非常激动，非得要他去矫治，他坚持不治，与父亲发生激烈冲突，结果他父亲竟然突发心脏病去世了。如果你用这种特别激烈的方式出柜的话，有的时候后果是难以预料的，所以一定要谨慎。要是太困难的话，可以去寻求一下帮助和指导，比如说加入同性恋亲友会。那里都是由孩子是同性恋者的母亲、父亲、兄弟姐妹组成的，他们会指导你应该怎样向父母出柜。

另外，还有一个关于应不应该出柜的问题，我的观点是完全要根据个人的情况，由他本人来决定。西方的同性恋解放运动中就出现过逼迫名人出柜的现象。当时他们发起一个叫作Outing的运动，Out 就是出来，Outing 就是把这个人逼出柜，尤其要逼迫一些政治人物、行政长官、名人。人们逼他亮明自己的身份，要求他为同性恋说话。我觉得这种做法侵犯到个人隐私了，出柜还是不出柜，不应该由别人来帮他决定，或逼他决定，而应当让他自己根据自身的处境、自己的愿望、自己的性格、自己喜欢的生活方式、自己选择的政治姿态来决定，不该由他人越俎代庖。

# 11
## 发现配偶是同性恋者怎么办?

我去参加过同性恋者妻子的研讨会,这个问题真的非常严重。同妻的问题似乎比同夫的问题更严重一些,当事人的反应也更强烈一些。她们陷入了痛苦的陷阱。如果你的伴侣是一位同性恋者的话,你的婚姻不可能有好的质量,因为他根本就不喜欢女人。

有一个去参加她们的研讨会时给我印象非常深的一个案例:有一个女孩,她的讲述给人的感觉尽管不像家暴受害人那么凄惨,但是感觉仍然异常惨烈。她说,由于她的丈夫是同性恋者,她有很长一段时间都怀疑自己不是一个够格的女人,至少不是一个很有魅力的女人。为什么丈夫连多看她一眼都不愿意，连摸摸她的手都好像很厌恶？所以她怀疑自己是一个很不合格的女人。这个遭遇实在是太惨了，她哪里知道，并不是所有的男人都不愿意理她，或者不愿意多看她一眼，仅仅是因为她的丈夫是一位同性恋者，他对所有的女人都不感兴趣，哪怕她美若天仙，他也不会有兴趣的。她对自己的误解实在是太惨烈了。据说同妻开交流会时，开着开着大家就抱头痛哭，真是惨绝人寰。

那么发现自己的丈夫是同性恋者以后该怎么办呢？有些人选择了离婚，因为这样下去不可能有什么好的婚姻质量。也有一些人，比如岁数已经比较大了，有孩子了，夫妻有各种经济纠葛了，双方已经很难分开了。建议这种人与处境相同的人一起交流交流，至少能够缓解一下情绪。离婚还是不离婚，如果不离婚以后该如何相处？要想想解决这些问题的途径。我看到她们在网上建立了同妻家园一类的网站，大家可以互相联系一下，交流一下，寻求帮助，疏解情绪。

同妻同夫的问题是一个颇具独特性的现象。有记者问我，中国的同性恋者和国外的有什么区别？我能想到的最主要的区别就是，在中国，有一部分同性恋者，还是比例相当大的一群同性恋者会跟异性结婚。在西方，在西欧、北美，愿意与异性结婚的同性恋者几近于零。西方国家原本的结婚率就不高，许多国家独居人口已经超过人口半数。一位同性恋者没有任何理由和动机去找一位异性结婚。但在中国就不一样了，中国传统文化中人人都要结婚生育以便为家族传宗接代的家庭责任及其带来的压力实在是太大了。

记得有一次我与一位男同性恋者交谈，他说他得结婚，得传宗接代，得尽家庭责任，要不然对不起家庭的养育，对不起父母。这就是中国人的观念。同性恋者原本不愿意与异性结婚，但是在强大的传统文化的压力之下，他不得不妥协，显得万分无奈，也很无辜。这个人后来结了婚，还把他的结婚照寄给我。我就问他，你妻子知不知道你是同性恋者？他说她知道，他告诉了妻子。这是一种比较好的情况，有很多妻子是自己发现的。我问他："你告诉她你是同性恋者，你妻子知道这个还能答应跟你结婚？"他说："反正我顾家就行了，我挣的钱交给她，养家，生孩子。"他结婚的主要目的就是生孩子，传宗接代。他出去找男人玩，他妻子也不干涉。这是另类的家庭关系，同妻的另一种处境。按照西方人的看法，这种现象是匪夷所思的，但是在中国生存环境和生育文化中发生这种事不足为奇。

与同妻问题相对应的还有同夫的问题。我调查过一位女同性恋者，她是在结了婚，生了两个孩子之后才发现自己是女同性恋者的。为什么同夫的困境显得不如同妻的困境那么突出呢？因为有好多女同性恋者对自己的性向不是特别清楚。而且在性活动中，女性是被动接受的一方，她的喜欢与不喜欢在生理上不是那么明显。

好多女同性恋者虽然心里厌恶，但是在生理上会默默地承受。有些女人只是觉得自己不喜欢性事，并没有认清自己的性倾向，就糊里糊涂地被动接受了，所以同夫的问题会变得不那么明显。这位女同性恋者跟我讲，在告知丈夫她的性倾向之后，丈夫跟她商量怎么办。由此可见，同夫的问题也是存在的，只不过不像同妻的问题显得那么严重。

　　总而言之，同性恋者进入异性婚姻，确实是人间悲剧。他们的婚姻从一开始就注定是悲剧，质量低下是必然的，因为他们根本就不喜欢对方的身体。

　　所以，我会规劝所有的同性恋者，尽量不要进入异性婚姻。如果来自家里的压力实在太大，可以用那种策略性的形式婚姻来对付一下老人和周围的社会压力，即使用这种形式婚姻来逃避，也好过与异性缔结悲剧性的婚姻。

# 12
# 如何做出离婚的选择?

说到离婚,我先给大家做一点科普。咱们中国的《婚姻法》应当是属于非常先进的,咱们有这么一种法律规定,叫"无错离婚"。像在美国,他们争取了好多年,才从有错离婚争取到咱们这样的无错离婚。有错离婚是什么意思?就是说配偶双方有一方有严重的过错才能离婚,比如说家暴、出轨、遗弃等各种各样的过错,如果没有人犯错就不批准离婚。中国1950年颁布的《婚姻法》就规定了结婚自由和离婚自由,从一开始就确立了一个离婚的原则:不一定要有错,只要确认夫妻感情破裂,就可以离婚。所以我们的立法观念是非常前卫、非常先进的，也是符合人性需求的。

那么在什么情况下就有必要离婚了呢？比如伴侣有不良嗜好。我看到这样一个案例：有一个女人和一个男人交往一年后结婚，在宝宝刚出生十五天时，发现他赌博输了一百四十七万元。这种情况要不要离婚？如果对方有不良嗜好，而这个不良嗜好会伤害到配偶和家庭，就构成充分的离婚理由了。他常常这么输钱，而家庭的债务日后是要由夫妻共同来偿还的。如果不离婚，女方这辈子就可能陷到这个债务里面去，而这个错是他一个人犯下的，他妻子的人生就是为了跟他一起还债吗？这个离婚的理由是相当充分的。

有一位男士提问：该不该跟没有生育能力的老婆离婚？假如丈夫是那种此生非生孩子不可的人，这是可以当作离婚理由的。如果他可以选择丁克的家庭模式的话，那就不必离婚。老婆没有生育能力，正好他们也不想生，那就毫无问题。如果夫妻俩实在想要一个孩子的话，那么除了离婚恐怕没有什么其他的选择了。当然他们可以去领养孩子。可是有的男人想不开，非要一个亲生的孩子不可，那就只能选择离婚。

　　有一位女士提问：老公性冷淡该不该离婚？这个问题挺有意思。我们在调查中发现，仅仅因为老公的性能力不强或者性冷淡就提出离婚的女人还是比较少见的。相反，在过往的法律实践中有一个有趣的现象，有的女人会因为男人性要求太多，过于亢奋，自己无法承受而提出离婚，法庭真有因这类理由判决离婚的。很少有女人提出的离婚理由是男人要求太少，太性冷淡，满足不了她的需求，其实这个理由从妻子的个人幸福角度来说，是一个挺充分的离婚理由。此类理由的提出与男人要求太多她受不了这类理由相比，显得更前卫一些。说明有些女性把自己的性愉悦看得非常重。我有权利享受这个性快乐，但是丈夫给不了我，这个情况下我想离婚。对于此类离婚理由我愿意支持，因为人的生命如此短暂，对方无法满足你的基本需求，无法让你感觉到快乐，这是很大的缺憾。所以，这个问题的答案与一对夫妻对婚姻质量的要求有关，如果你俩就想一块搭帮过个日子，有吃有喝没饿死就行，那就不必离婚。

　　然而，除了温饱，现在有些人觉得快乐也很重要。人说饱暖思淫欲，现在婚姻的标准提高了。除了能够获得温饱，我还要快乐，我还要你给我快乐，你给不了我快乐，我就不想跟你过下去，就离婚。这种情况反映了女性自我意识的提升，女性也可以理直气壮地追求性愉悦，这是女性生活中非常正当的要求。这种想法已经深入一些女人的内心。如果一个女人因为配偶性冷淡要求离婚，这是很正当的要求。

当然，你可以在提出离婚之前做点努力，看看情况能否改善。如果对方属于生理问题，或心理问题，或从观念上讨厌这个事情，无法满足你的性需求，而你是有这个需求的，那你提出离婚，在我看来是理由充分的。

第 5 章

———

为什么要开展性教育

# 01
## 为什么要开展性教育？

性教育在中国推进得十分艰难，这种状态与多年来社会的性氛围有很大关系。最早是周总理在 1958 年提出来要搞性教育，后来国家性学权威吴阶平先生也一再呼吁要搞性教育。但从 20 世纪 50 年代开始，社会上弥漫着一种反性禁欲的气氛，人们对性有很多负面的看法，整个的态度是相当否定的，认为这件事不好搞，尤其对孩子们更是如此，要尽量推迟孩子们对这件事的了解，越晚知道越好，就是这样一个思路。

后来我调查过，为什么性教育迟迟推动不起来？教育部发了红头文件，要求在中小学开展性教育，但总是显得那么阻力重重，这个阻力到底从何而来呢？我专门做过青春期恋爱的调查，跟一些教师交谈，希望通过调查看出来为什么学校不愿意推广性教育。有一个老师说得很有趣，他说怕"烧纸引鬼"，当时我还不理解，我问他为什么性教育就是烧纸引鬼。他说人本来与鬼相安无事，孩子们都很单纯，啥也不知道，然后你一烧纸倒把这个鬼给引来了，你告诉他性是怎么回事，他就会去尝试了。这是推动性教育的一个最主要的障碍。从家长的角度看，也是觉得孩子们也许本来还不知道，你要是跟他讲了，他反而提前知道了，所以让孩子们知道得越晚越好。有些家长是站在这个立场上反对性教育的。

教育部门现在已经开始推动性教育，但还是顾虑重重。北师大的性教育专家曾经编过一套性教育教材《成长的脚步》，里面有一些卡通画。个别卡通画比较直白，有性交的画面，结果马上引起轩然大波，不少人鼓噪说这个不行，怎么能让孩子们看到这个呢。有一套非常好的性教育教材，叫作《珍爱生命》。有位小学校长购买了这套书分发给学生，学生回家给家长一看，家长说这个怎么行呢，然后跑到学校去抗议。校长怕惹事，吓得赶快把发下去的课本收回。性教育的必要性到底是什么，如何做性教育，何时开始性教育为好，这些问题确实是挺有争议的，所以这事才一直拖下来，举步维艰。

现在我国的性教育处于什么阶段呢？首先，大家对要不要搞性教育基本上已有共识，从上到下，从教育部到家长，到性教育工作者，性教育要不要搞的问题已经解决了，大家都持肯定态度。接下去是怎样推进的问题，也就是具体实施的问题。在我看来，培训教师、编写教材、安排课时，这是开展性教育的三大要素。整个性教育的推进过程就像一个拉锯战。性教育这个东西跟过去整个反性禁欲的社会氛围有冲突，现在社会氛围已经比较正常了。人们对性的态度从基本否定转向基本肯定，认为性是一件每个人一生中都会碰到的事情。把这个事情处理好，让它走上理性的轨道，渐渐成为全社会的共识。

大约在 21 世纪初，中国就引进了一批北欧的性教育课程，那个课程分为三个版本：一个版本是针对学生的；一个版本是针对教师的；还有一个版本是专门针对家长的，提到了家长被孩子问到这些问题之后应当如何回答。据说这套教材的教育效果是百分之百避免少女怀孕，这就是一个合格的性教育了。我们发现有一些学校竟然会把怀孕的女生开除，这些是有真实案例的。某大学前几年还发生过这样一个案例：有一位大学生宫外孕，暴露出她是有婚前性行为的，学校就要开除她。后来家长提出抗议，说孩子考上大学是多么艰难，如果仅仅因为这件事把她开除，就会改变她一生的命运。我觉得这种做法是非常奇怪的，无论是一个中学，还是一个大学，你的学生怀了孕，说明这个单位的性教育是不合格的，应当受惩罚的是校方，而不是怀孕的学生。这证明学校没有做好性教育，你要做好了性教育，他们就不会怀孕。应该把避免少女怀孕作为一个指标来考核学校性教育工作的成效。

人工流产对人的身体伤害是非常大的。目前我国每年有一千三百万例人工流产，其中有 60% 是未婚流产，其他 40% 是婚后终止妊娠。这个数字放在全世界范围内都是很惊人的，明显源于性教育的缺失。所有的婚前性行为根本就不是以生育为目的的，婚后的人流也是因为女性在计划外怀孕了。原本不情愿的怀孕为什么会那么多？唯一的原因就是没有做好避孕，避孕失败大都源于没有受到好的性教育。由此可见性教育有多重要，如果性教育做好了，就应当百分之百地避免不情愿的怀孕，能不能成功避孕是性教育有没有做好的一个考核指标。

性教育真正开展起来以后，应当把能否做到百分之百避免少女怀孕作为考核指标。因为怀孕流产对女人身体的伤害是非常大的。除了人工流产，近年来一些恶性事件时有发生：孩子突然生下来，年轻的妈妈急得手足无措，把婴儿弄死了，丢到厕所，淹死他，还有把孩子隔着窗户扔出去的，这已经要算刑事犯罪了。由此可以看出，如果不做好青少年的性教育，后果是多么严重。

尽管广大性教育工作者在努力推进性教育，社会上还是存在不少阻力。现在出现了一些推动性教育的民间组织，我去参观过他们的样板课，是一场在北京的一个小学给三年级的孩子做性教育的观摩课。他们培训性教育师，由中国性学会颁发性教育师证书。有一年，他们在山东一个小城市建立了教师培训试点，培养了几百名性教育师。结果一帮反对性教育的人知道后居然跑去当地教育局抗议。他们不是学生家长，却假装成学生家长，坚决反对性教育，并扬言要把性教育师的名字在网上曝光，鼓噪要取消他们的教师资格。

　　由此看来，开展性教育的阻力还是相当大的，有那么一批人在拼命地阻挠，这是中国性教育推进过程中的一个现状。所有这些致力于性教育的专家、学者和性教育工作者都在共同努力。我相信在不远的将来，性教育会在中国得到更大的发展，普及到全国，正式地进入所有的教育机构，并健康、长远地发展下去。

## 02
# 性教育包括哪些内容?

　　世界各国性教育的内容大同小异。记得有一年，我们去荷兰阿姆斯特丹就性话题做学术交流，其中就有性教育这个议题。我们请到了一位荷兰的性教育工作者来跟我们交流，问了她很多问题。我们首先想知道荷兰的性教育是从几岁开始的，她回答说荷兰的性教育是从四岁开始的，这个回答令我吃惊，不知道为什么会开始得这么早。她给出的理由是，孩子在三四岁的时候就开始有了性别意识，会知道他是男孩、她是女孩，而性教育就是从性别观念开始的。

　　当然，在性教育的过程中，面对不同年龄段的孩子，老师会讲解不同的内容，比如没必要给小学生讲性交。但是青春期以后的孩子有可能做这件事，所以就一定要讲性行为本身了。一般来说，性教育的内容是两大块：一块是性的生理方面，像身体结构，精子、卵子，男性生殖器、女性生殖器这些生理方面的内容。另外一块就是性观念，国外性教育课程的理念包括性观念的内容，这是值得我们借鉴的。其中不少内容已经被中国的性教育专家引进借鉴，编到我们的最新教材中了。比如关于儿童性侵的问题，记得我看过一份资料，说的就是在英国，他们如何告诉孩子防止性侵。老师会对孩子讲，你的背心裤衩遮盖的部位是别人不能碰的。这些内容也是可以借鉴的。

最新编撰的性教育教材中已经写入了儿童性侵的内容，要先让孩子知晓什么样的行为叫性侵，因为孩子年幼无知，不明白大人对他做的那些动作是什么意思。老师会告诉孩子，哪些行为是不允许的，大人碰你身体的哪个部位是不可以的。然后再告诉孩子，万一这种情况发生后你应该怎么做：你应该告诉家长，你应该告诉老师。因为坏人在实施性侵时会吓唬孩子：你要是敢跟别人说，我会杀你全家。有时候他们会用温言软语，说什么这是咱们俩的小秘密，我们发誓谁都不告诉。由于年龄太小，孩子不能判断大人的意图，所以防性侵教育很有必要。

性教育中还会包括关于自慰的内容：自慰到底对不对，可不可以，这样做好不好？此外还会涉及性少数倾向的内容，比如当孩子发现自己不喜欢异性应该如何应对。很多孩子在一开始发现自己与众不同时都会非常惊恐，要教育他们如何看待自己与别人的差异、如何接纳自己。性教育还包括教给异性恋孩子如何对待性少数人群的内容，比如应当如何对待有同性恋倾向的朋友。很多学校会发生校园欺凌事件，其他孩子欺负这些同性恋的男孩、女孩，这些事时有发生。性教育要传播正确的性观念，让青少年掌握正确的关于性的生理知识和观念。

国外的性教育也并不是一帆风顺的。我在美国留学时是里根时代，那时有一个特别大的争议，就是性教育要不要进学校。一派人坚决反对，另一派坚决赞成。大约十多年前，有一个美国的性教育组织跑到中国，与中国的十几个省市签订合作协议，要来做婚前守贞教育。他们所谓的"性教育"其实是婚

前守贞教育，要求孩子们在婚前守贞，这件事反映了在性教育
议题上两种势力的斗争。一派要做的是婚前守贞教育；另一派
要做的教育被称为综合的性教育，前边提到的那两块内容就属
于综合的性教育。跑到中国做婚前守贞教育的这群人的教育既
无效又搞笑。有人专门调查了他们在美国搞的那套婚前守贞教
育，将上过他们这一套课的和没有上过这一套课的两群人加以
比较，发现两群人首次性行为发生的平均年龄都是十四岁左
右。这就说明，这个所谓婚前守贞教育不仅是完全无效的，还
是非常陈腐、保守的。不要说在美国了，在中国它的观念都显
得十分落伍、十分搞笑。我们在中国推行的性教育无疑是那种
综合的性教育，我们的教育部门选择了一个正确、科学的方
向，绝不会做那种观念陈腐、全无效果的婚前守贞教育。

在性教育缺失的时代，人们处于蒙昧状态。我在做关于
中国女性的感情与性的调查时碰到过这样一位女性：她是"50
后"，而在她度过青春期时代的学校里没有性教育。学校会开
生理卫生课，讲身体结构、精子卵子这些内容，但是到此为
止，并不会讲到性行为本身。我把它称为不合格的性教育，这

其实根本算不上性教育，只是讲一点生理卫生知识。上过这个课之后，她就和她的男朋友一块去插队了，他们俩在农村同居了。有一天，她开始恶心呕吐，她不知道自己到底出了什么事、得了什么病。她还到医院去看是不是得了肝炎，可是什么也查不出来。最后她才从一本医书中查到，她与男友做的那件事是能够导致怀孕的，原来她是怀孕了。这是一个真实发生的事。从这个故事可以看出，在过去的学校教育中，性教育是完全缺失的，她学到的生理卫生常识根本不是合格的性教育。合格的性教育一定要讲性行为本身，要讲避孕，要讲性活动与生育的关系。当时的人们能够无知到那种程度，现今的人听了都会觉得匪夷所思。现在的年轻人即使没有受过正规的性教育，也会知道性活动与怀孕的关系。因为他们生在互联网时代，可以很容易地找到相关信息，所以他们不再像老一代的人那样孤陋寡闻了。

## 03
## 如何看待处女情结?

很多年轻人会特别关注自己性经历中的第一次,它到底会是一种什么感觉,是好感觉还是坏感觉,我的感觉会不会好,我第一次会碰上什么?如果受过正规的性教育,这方面的思想负担和焦虑会轻一些,但是我们目前尚未很好地开展性教育,所以无论是从生理角度还是心理角度来说,年轻人对这个问题都很陌生,有一种涉险的感觉,担心后果会很严重。还有不少人由于没有受到过性教育,缺乏最基本的知识,连性交可能会导致怀孕都不知道。

尤其对女孩来说,这个第一次对她的一生意义重大。第一次处女膜破裂的时候，会流血，像一个小小的伤口，会疼。有的人会疼得很厉害，如果她的岁数比较大了，或者处女膜更厚一点，就会剧痛。对于这种疼痛，女性要做好充分的思想准备，就跟在皮肤上拉一道口子的感觉差不多。男孩一般第一次就会有快感，但是女孩很少能够第一次就获得快感。

我是"50后"，我的同龄人生长在一个比较特殊的时代。在我们年轻的时候，作为一个女人，性快感、性高潮这些概念全都闻所未闻，很多人都是自己摸索出来的。她们大都是在婚后半年或者生了孩子以后，才知道女性还能有性快感。全世界各国终身未经历过性高潮的女性没有占比超过 10% 的，我国老龄组中这个比例竟高达 28%。我们那个时代的人，由于对性一无所知，所以第一次的感觉往往是不好的。女性的快感是需要学习才会获得的，不会像男性那样可以自然而然地得到。我看过一个统计数据，女性能够通过性交得到的快感只占 25%，第一次就更不必说了。

中国的传统文化背景对处女膜有着特别的强调。一个女人是处女，不是处女，就像她人生中的一道分界线，意义非同寻常。虽然一个女人有无处女膜在生理上并不能算一个大变化，但是在心理上却很不一样。第一次性活动的意义似乎很不寻常，尤其在中国这样一个处女情结深重的文化当中。比起欧美国家的人，中国人会有这样的感觉：人的第一次，尤其是女孩的第一次发生之后，这个人好像就已经不再是原来那个人了，就像在心理上脱胎换骨变了一个人。欧美社会中，人对于第一次就不会有这么强烈的心理反应。这种心理反应的差异完全是文化造成的。因为中国社会有一个特别看重婚前守贞的文化传统，即一定要保持处女之身到结婚。

在性学研究当中，有大量关于婚前守贞观念的比较研究。对多个国家婚前守贞观念的比较研究显示，中国在排行榜上经常不是第一就是第二。我看过好几个调查结果，有的样本较小，有的样本较大，涉及几十个国家的调查，我们中国的婚前守贞观念总是很靠前，在前二三名。在更大的范围中比较，亚洲各国在排行榜上的名次与欧洲、美洲、非洲国家相比，也总是最靠前的。

直到今天，很多人还是有处女情结的。有的男孩至今还会这样想：我要找结婚对象的话，希望她一定是个处女。有一些大款选配偶，都会有这么一个条件，要求对方是处女，而且是公开写出来的。

我们的社会中至今还会出现一些让人匪夷所思的事情，比如处女膜修复术，做这种手术的人不在少数。余华的小说《兄弟》里面就写了这么一个情节：有一个人专门做这种生意——处女膜修复术。在一桩性交易里，处女和非处女的价格是不一样的，处女情结直接体现在价钱上。一些性工作者会去做处女膜修复术，就是为了要个高价。一般人为什么会去做这个手术呢？这是受了文化习俗的影响。很多男人在结婚时偏爱处女。如果一个女孩已经有了婚前性行为，她想嫁给这个人，这个人又非得要处女不可，她就只好去做处女膜修复术了。市场规律是有需求才有供给，处女膜修复术能够有市场，而且这个市场居然能形成，就证明有很多人有这种需求。其实认真想想，处女膜修复术是一件多么荒诞的事，处女膜可以修复，童贞可以修复吗？这不是公然的自欺欺人吗？

## 04
## 如何安全避孕？

　　避孕大致有四种方式：第一种是结扎；第二种是上环；第三种是口服避孕药；第四种是使用避孕套。有些人喜欢用这四种避孕方式之外的其他办法，如安全期或者体外射精等，这些办法不是完全无效，但失败率太高了，不是真正安全有效的避孕方法。所以如果大家想要安全有效地避孕，还是应该采用前述四种方法。

　　在一定历史时期，这些避孕方法带有阶层特征。长期以来，中国社会分为三大社会阶层：干部知识分子阶层、工人阶层和农民阶层。在避孕实践中，这三个阶层正好一一对应了三种不同的避孕方法。农民基本上用的是结扎，工人用上环的比较多，干部知识分子主要用安全套。没有人针对形成这样的差异的原因做过专门的研究，可能这只是历史上的偶然因素造成的。

结扎这种避孕形式在农村比较普遍，很多夫妻在生了两个孩子之后就直接结扎了。中国是个人口大国，生育文化显得特别重要，人们的生育冲动特别厉害。我做过一个关于生育文化的调查，写过一本专著——《生育与中国村落文化》。生育文化在农村与在城市很不一样，它所覆盖的功能太多了，其中有一个刚需是养老，农民把生育当作唯一的养老手段。这就是农村人拼命生孩子的原因，要养儿防老。在生育具备养老功能的情况下，想让农民不生或少生就很难办到。他还一定要生男孩，如果只生女孩，女孩嫁走以后，还是没人为父母养老。在农村搞计划生育，冲突特别激烈，简直跟要他们命似的，在很多地方出现了不少很极端的事情，罚款交不上把房子拆了、把牛拉走，都是激烈冲突造成的。

结扎在农村是一个基本的避孕方式，又分男扎和女扎两种情况。男扎就是男性绝育手术，手术的方便程度、简易程度更高，其实也更有效，但是最后得到普遍推广的还是女性结扎。为什么？因为很多人对男性结扎有恐惧感，有拒斥感。好多人误以为，结扎了以后会影响性生活，房事就做不成了。有人甚至产生了错误的联想，认为男性结扎会影响到他的劳动力，他干活都不行了。其实结扎跟体力劳动一点关系都没有，但人们还是把性交、生育能力跟男人的身体能力、活动能力全都联系在一起，这是一种愚昧的偏见。我们从这种推理猜测中看不到科学的分析，看不到经验依据，只能看出人们的无知和恐惧心理。人们因为害怕丧失劳动力，害怕丧失生育力，而特别排斥男性结扎。由于在农村男人还是主要劳动力，所以结扎这种事情还是让女人去做心里比较踏实。国家在四川、山东这些地方都曾搞过男扎的实验，但是最后愿意做男扎的人还是非常少。记得有一次我访问一个乡里负责计划生育的干部，他自己是带头做了男扎的。这件事与人们的信仰、价值观、性别观念、地方习俗、文化程度等因素都有关系，文化程度高的人就可以理解，这种手术实际上是简便易行而且不会有什么负面后果的，但是民间大部分人还是对它心存恐惧。

在很长一段时间内，企业员工用的都是"上环"这个避孕方式，干部知识分子阶层中也有人上环，但大部分人还是用避孕药和避孕套。在印象中，中国人是不太喜欢用药的，老话说"是药三分毒"，避孕药无论如何也是药，吃了会不会对身体有影响，没人知道。其实只要仔细去了解一下就会发现，服用长期避孕药对人的身体是没有什么副作用的，甚至还会有一些好处。长期避孕药有调节月经的功能，只有短期避孕药有些副作用，但只有使用得特别频繁，不遵循规定用量，才有可能导致闭经。

被人们大量使用的还是安全套，除了避孕，它还能够防止性病传播。现在，使用安全套成为了联合国推荐的防止性病的主要方法之一，它是非常有效的。有些公司发明了超薄且超结实的安全套，绝不会开裂。人们担心安全套的厚度会影响到男性快感。有人调侃说，戴着避孕套做事就像穿着雨衣洗澡。超薄安全套能够解决这个问题。

中国现在的人流率特别高，每年一千三百万例，令世界震惊。这些人难道都没有受过性教育吗，都不知道怎么用安全套吗？假如他们全都使用了安全套，仅仅是安全套没有戴好，临时出了一点意外，那也不可能有这么多意外怀孕的人。我们发现，有不少去做人流的女性会这样想：因为我爱他，不愿意降低他的快感，所以我愿意做个牺牲，我允许他不戴安全套。这个牺牲是不是太过分了？为了让男人享受那一点点额外的快感，女人不惜去做人流。而人流对身体的损害是那么严重，人流一次与小产对人身体的损害差不多，这个牺牲实在太大，太不成比例了。就像为了让你能够吃一口好东西，我给你割一块我身上的肉。这种对比太过分了，太不把女人当人看了。如果这是女人心甘情愿的牺牲，那这女人也太自轻自贱了。所以我特别反感一些无痛人流的宣传，把人流说得就像得个感冒似的，小事一桩，这太不珍惜女性的身体健康了。

如果有可能，女性还是要尽量做好各种避孕的措施。出了意外，如果来得及的话，马上去吃短期避孕药。在性行为之后二十四小时之内吃药就能起到避孕的效果。女性一定要珍惜自己的身体，保护好自己的身体，一定要采用所有的安全措施，避免意外怀孕。

## 05
## 如何看待未婚先孕?

如果不打算要孩子，只要正确地采用避孕措施就完全可以做到不怀孕。未婚先孕是没有受到性教育的后果。倘若受了合格的性教育，就会有完全正确的避孕知识，就不应该发生未婚先孕这样的事情。

如果已经怀孕了该怎么办？有三种选择，其中最主要的措施还是去做人工流产。国人每年做一千三百万台人工流产手术，其中六成属于未婚先孕。很多人已经有了固定的对象，但还没有即刻结婚生育的打算。有人即使有结婚打算，也并不准备马上生育。按照他们的生活安排，怀孕应该在几年以后，所以就只好选择流产了。

要知道人工流产对身体的伤害是非常严重的，并非简单得像得一次感冒一样。感冒吃点药或不吃药就能好，而人流对女性身体的损耗和伤害就像小产一样。调查数据显示，在医院做人流的人有不少都是多次流产，这对身体伤害更大。所以一定要避免这种情况发生。首先要避免怀孕，避孕失败再去做人流。

做人流的时候应该尽量找正规的医院，千万别为了省钱去找街头游医，不小心弄个大出血之类的会后悔莫及。要想想是命重要还是钱重要。有的人不去正规医院做人流不是为了省钱，而是担心到医院去会让别人知道。其实不必过于担心，同类事件的发生已经达到一年一千三百万例，周边压力已经相对减轻许多了。在早年反性禁欲的时代，人工流产会成为丑闻，一旦事情败露，后果十分严重。调查中有一个案例：一位男青年与一个女同事发生婚外情，致女孩怀孕后去医院做人流被人跟踪监视举报。因为男方是婚外性关系，女方是婚前性关系，二人双双受到行政处分，影响波及终生。时过境迁，人流再也不会造成如此严重的后果，意外怀孕不用再承受那么多的压力和惩罚，女孩完全可以到正规的大医院，做一个安全的处置。

另外一种选择是奉子成婚。由于婚前同居的普及，奉子成婚也不再是什么了不得的罪恶了。在强调婚前守贞的时代，婚礼上新娘穿着婚纱，大着肚子，都让人看出来了，这在旁观者眼里会是一个大丑闻。如果按照20世纪上半叶的习俗，恐怕女人就要被浸猪笼了。在那个时代，不要说婚前怀孕，就连婚前性行为本身都要受到私刑惩罚。所幸那样的时代已经过去了。婚前怀孕只不过是比预计生育时间提早几天而已。也就是说，当事人的行为只是源于两个人没有能够忍耐到结婚，所以孩子在婚后几个月就提前出生了。作为夫妻预期中的生育，奉子成婚在当今社会已经成为了一个比较随意、可以被接纳的选择。

婚前怀孕还有一个选择，那就是女方把孩子生下来，做单身母亲。在严格实行计划生育政策的时代，这种选择是完全不可想象的，也没有现实可能。因为一个单身的女人根本没有生育指标，生的是个"黑孩子"。但是在将来，随着人口压力的缓解，有些人口专家预测，计划生育政策会有所放松，届时对于单身女性生育的限制可能也会放松。人们不一定非得结了婚才能生孩子，只要你想要个孩子，就可以把孩子生下来，做个单身母亲。

在实行计划生育政策的时代，人们没有完全的生育自主权，无法自己决定什么时候生孩子、跟谁生孩子、生不生孩子。如果说将来真的废止了计划生育，未婚先孕的问题就更容易解决了。一个人完全可以根据自己的规划和对人生的安排选择生育还是不生育，在未婚先孕发生后，可以自由地决定是去做人工流产，还是让即将出世的孩子成为婚生子或者非婚生子。这全凭人的自由意志。

在这个话题上，我给大家的劝告还是要做好各种预防措施。如果你不想要孩子，你就不要去怀孕。你有的是办法，有非常安全可靠的办法让自己不怀孕。如果你对自己的生命负责，对自己的身体负责，就应该按照自己生命的节奏，想怀孕的时候再去怀孕，不想怀孕就好好避孕。

## 06
## 单身妈妈如何安排好自己的生活？

单身妈妈有两个类型：一类是离婚的单身妈妈；另一类是从未结过婚的单身妈妈，预计后面这种类型的单身妈妈在不远的将来就会出现。

后面这种类型的单身妈妈牵涉到女性生育权的问题，而这个问题一直存在争议。问题是这样的：一位女性必须得先结婚才能够有孩子吗？如果有一些女性不想结婚却想要个孩子可不可以？从女性生育权的角度看，全世界都是肯定单身女性生育权的，但是我国一直不允许单身女性生育。出于什么理由？就是出于计划生育人口控制方面的考虑。在人口增长压力大的时代，如果允许女人不婚生育的话，就有计划生育失控的可能。

多年前，吉林省出了一个事情：有一个女人，她是一位硕士生教师。她不想结婚，但是想有一个孩子，她就向吉林省的计生委打了报告，计生委经过慎重的研究和考虑批准了她的请求。吉林计生委是这样讨论和决定的：有一些大龄女青年确实是不想结婚，但很想生一个孩子，这种问题该怎么办？当时的政策是一对夫妇只能生一个孩子，这个不想结婚的女人的生育权如何实现？如果因为她未婚就不批准她生育，那么作为一个女人，她难道就没有生育的权利和生育的机会了吗？最终，吉林省计生委还是批准了她的申请。这件事在全国引起了很大的关注，因为它是针对女性生育权的一个新措施、新思路。后来国家计生委表态，反对在全国推广这种做法，主要还是因为担心人口失控。因为过去生育指标的单位是婚姻，婚姻是有登记的、可控的。如果每一个女人都可以生育，不结婚也可以生，那人口就有可能失控。

这个事件发生之后我发表了这样一个意见：计划生育的计量单位可以从一对夫妇改为一个女人，实行计划生育政策时，能够确保每一个女人终身只生一个孩子或两个孩子就可以了，不一定非得是一对夫妇。这样的话就可以照顾到所有的女人，可以保障想生育但不想结婚的女人的生育权，她们能根据自己的愿望来生孩子。调整计量单位的办法既保证了计划生育政策的实施，也保障了每一个女人的生育权。我对国家的计划生育政策一直是持肯定态度的，我们在人口规模过大的情况下搞计划生育是正确的，计划生育使得中国少生四亿人口，为中国的人均 GDP 进入高水平做出了巨大的贡献。

无论是离婚的还是从没结过婚的，单身妈妈的生活方式与夫妻共同抚养孩子的生活方式相比，还是存在诸多差异的。其中最主要的一个是经济状况的差异，另一个是孩子生长环境的差异。国外有社会调查显示，在所有的社会人群中，单身妈妈的经济状况是最差的。无论是已婚的人，还是单身无子的人，她都比不上。孩子需要的全部生活费用要由妈妈来负担，这是单身妈妈面临的最大问题。她们的生活水平会下降，离婚后，她的生活水平比之前带孩子时降低了。生活水平上的落差是普遍现象。

单身妈妈要尽量安排好孩子的生活环境，满足孩子成长的所有需求。有些离异家庭的孩子在未成年时会得到抚养费，但抚养费的帮助有限，所以单身妈妈的责任就特别重，生活艰难。有的单身妈妈会做好几份工作，为了养孩子非常辛苦。未婚妈妈的状况也是如此。我建议单身妈妈要为孩子做好经济上的安排，不要把自己搞得太累，陷入超负荷的劳作，因为养育孩子也是一份工作。单身妈妈等于做了两份工，在外面有一份工作，回家还要照料孩子，有着双重劳务负担。

另外一个问题是单亲这种家庭环境对孩子会造成影响。这个是单身妈妈碰到的更加严重的问题，与经济问题还不太一样。比如，孩子缺少父爱的问题是较难解决的。尤其是岁数比较小的孩子，他们对家庭的变故半懂不懂，他们的世界观、价值观还在形成过程中，做母亲的就更加艰难一些。单身妈妈要想办法引导孩子树立正确的人生观、价值观，要付出更多的努力。因为孩子没有长期和父母同时生活在一起，缺少父爱，孩子会在这样一个环境长大。

其实对岁数大些的青少年来说，情况会好很多。举个例子，我调查到过一位离婚的单身妈妈，她的婚姻一直不和谐，很不幸，她就一直忍着。她的女儿在十五六岁的时候主动提出让她离婚。女儿都看出来了，妈妈是为了她在忍受这个婚姻。对这样的孩子来说事情就比较好办了，父母离婚不会对她有什么太大的负面影响。但是面对幼小的孩子，就要多费心思，让他建立好的婚姻观、恋爱观，至少不能给她灌输仇恨男人的想法。有些单亲妈妈迁怒于丈夫，觉得丈夫完全是坏人，所以告诉孩子所有的男人都是坏人，这对女儿将来的恋爱可能产生负面影响。单亲的家庭环境可能影响到孩子建立亲密关系的能力和愿望，这是单亲妈妈要注意的。

总而言之，要解决的问题有很多，一方面是生理的，一方面是心理的；一方面是肉体的，一方面是灵魂的；一方面是物质的，一方面是精神的。这些问题都要想到，都要面对。做单亲妈妈是一个艰难的选择，做了这种选择，人就只能加倍努力，确保自己可以胜任单亲妈妈的角色。

**07**
# 如何看待堕胎?

我们生长在中国，都觉得堕胎不是什么了不得的大事，堕胎问题从未引起过特别的关注和激烈的争论。但是在西欧、北美那些有宗教信仰的国家，以及那些社会习俗跟我们不一样的国家，关于堕胎的争议就非常多，在历史上也有过非常严重的争议。

在美国，最早有一位女权主义者鼓吹推动堕胎合法化。堕胎在美国原本是非法的，属于刑事犯罪，这一观念来自以宗教信仰为依托的社会习俗。有的宗教的教义认为，胚胎进入了母亲的身体就是一条生命。从宗教教义来说，这是对生命的一种尊重。所以五个月以上的胎儿如果被引产的话就要算谋杀。而中国人的观念是不一样的，中国人一般认为，孩子在出生之前还不能算是人。所以在中国会出现引产七个月、八个月的胎儿的情况，这并不被认定为谋杀。

在没有有效避孕方式的时代，由于法律不允许堕胎，人们都觉得很恐慌，这条法律使得性交成为了一件后果非常严重、非常恐怖的事。那时的人们没有选择的自由，也不会有心情好好享受性快乐，因为一不小心就会怀孕，怀孕就得把孩子生下来，不可以堕胎。那些想生孩子的人还好，不想生孩子的人简直视性活动为恶魔，做爱时就像头上悬着一柄达摩克利斯之剑。

人究竟能不能够去堕胎？人应不应该有堕胎的权利？在长期论争之后，人们才争取到这一权利。女权主义者一直坚持认为，女人应该有选择生育和不生育的权利。女性意外怀孕，应该有堕胎的权利。在美国，堕胎这件事一度是非法的，直到1973年堕胎才合法化。堕胎合法化之后，关于堕胎的争论没有止息，一些反堕胎人士在堕胎诊所前设置纠察线，阻止医生去上班，威胁医生，甚至向堕胎诊所投掷炸弹、枪杀做堕胎手术的医生。

20世纪70年代中国开始搞计划生育，大规模的避孕措施和堕胎手术在全国范围内展开。研究中国的生育文化时，我心中暗暗庆幸，幸亏中国历史上没有过堕胎违法这样的法律，没有反对堕胎的社会心理。如果大众特别反感堕胎、反对堕胎，中国的计划生育怎么施行？根本没有办法施行。这也是一种文化差异。当然，西方国家早已实行了堕胎合法化，这一举措使得堕胎就像一个一般的手术，既非犯罪，也不违反习俗。如果需要做人流的话，去医院挂个号，花点钱，就可以做手术了。

在堕胎现象中还有一个按性别偏好选择性堕胎的问题。虽然中国人从未有过源于宗教观念的堕胎禁忌，历史上中国人从未认为堕胎是违法犯罪，也从未有过这样的习俗和想法，但是我们有选择性堕胎现象。中国几千年来一直都有重男轻女的习俗，因此在计划生育政策限制生育数量后，社会上出现了严重的选择性堕胎现象。如果没有选择性堕胎，就无法解释我国性别比持续升高的现象。我国的出生婴儿性别比远远超过正常范围的上限，达到了一百二十的高峰。而且，这个数字还持续了很多年。人口专家指出，我国的出生人口性别比已经严重失衡。在出生婴儿高性别比持续了几十年之后，中国不可避免地面临着适婚年龄男性人数比女性人数多出数千万的局面。性别偏好堕胎把女婴流掉了，许多人千方百计通过非法 B 超得知婴儿性别后把女婴给流掉了。这种选择性堕胎规模不小，屡禁不止。尽管政府明令禁止选择性堕胎，但是人们还是想尽办法破坏规矩，最终酿成了性别失衡的后果。此外还有人采用有性别偏好的养育方式，比如，同样是孩子，男孩病了会精心救治，精心呵护；女孩病了就不积极救治，让她因疏于照料死去，这种不平等的养育方式也与性别比偏高不无关系。

从社会学和计划生育的角度看，我们要感谢中国社会的习俗和观念里从未有过强烈反对堕胎的想法。计划生育搞了几十年之后，中国少出生了四亿人，这是值得庆幸的。但是我们的问题在于走向了另一个极端，把堕胎太不当一回事了，导致中国出现每年堕胎一千三百万例这种令世界震惊的数字，在全世界的堕胎总数中我们占据了相当大的比例。大家太不在意了，太过轻视、忽视堕胎对身体的损害了。堕胎不仅会造成一时的身体损伤，还会造成习惯性流产。频繁堕胎会对妇女的身心健康造成很多负面影响。其实这种伤害是完全可以避免的，只要想做，是完全可以做到的，有很多安全可靠的办法可以避免怀孕。大家应该更加重视堕胎对人身体的损害，而不是用轻描淡写的语言给人留下堕胎无足轻重的印象，忽略它对身体的巨大损害。女性要更加谨慎，认真对待，更加关爱、珍惜自己的身体。

## 08
## 如何看待情趣用品？

在中国，情趣用品的现状是很有意思的。我看到过一个统计得出的数字，全世界的情趣用品有 70% 是中国生产的（一说 90%）。无论精确数字是多少，说全世界的情趣用品大部分都是中国生产的应当没错。但是情趣用品过去很多都是用于出口，国人自己使用的比例并不高。很多产品都是国外出样品设计，我们来生产再销往国外。但是这个情况近年来有了新的变化，国内市场的发展方兴未艾，年轻一代对情趣用品的接受度越来越高，开始大量购买并使用情趣用品。

有一次，我无意间看到这样一个报道：有一位学长回校看望他的学妹们。学长已经工作了，给她们带点什么见面礼比较好呢？他给每一个学妹都买了一个跳蛋。这可真是妙不可言。可以看到，国人对情趣用品的接受程度越来越高，使用程度也越来越高了。

中国改革开放之初，20世纪80年代出现了第一家情趣用品店，店名叫作"亚当夏娃"，那个商店开在北京的赵登禹路143号，这件事在当时很是轰动，很多外国记者前去采访报道，生意特别红火。后来情趣用品店就在全国铺天盖地蔓延开来，搞得到处都是。一些外国记者非常好奇，因为国外的情趣用品店大都集中在红灯区的某一条街道上，不会出现在高端社区里。他们问我这是怎么回事，我是这样回答他们的："国人对性的看法并不总是那么负面，当情趣用品跟计划生育用品摆在一起售卖时，更彰显其合法性。"说到中国人对性的看法，其实中国古代性文化和性观念还是挺正面的，盛行"食色性也""饮食男女人之大欲存焉"的思想。在人们心里，吃饭和性都是最合乎人性的事，不觉得这不自然或者是特别负面的事情。他们不像西方传统宗教信仰中一些极端人士那样，完全反性禁欲，觉得性本身就是一种罪恶。中国人一般不会如此看性。

有一位基督教圣人奥古斯都表达过这样一种想法，大意是说，他希望上帝造人的时候开辟了另外一个途径让人类繁衍，也就是说不要通过性交，因为他认为性交本身就是罪恶。可惜人类繁衍不得不做这件事，怎么绕也绕不开。这与中国人的思维方式截然不同，中国的传统文化从来不会这样看待性。

人们对情趣用品的接受是自然而然的，没有伴随那么多的焦虑和心理障碍。我跟业界的圈里人了解过，一般人误以为情趣用品主要是单身的人在用。我问是这样吗，他们说，不对，有很多夫妻也会购买使用。他们的顾客有相当大的一部分是夫妻，如果说单身的人使用情趣用品是雪中送炭，那夫妻使用情趣用品就是锦上添花了，他们是为了提高婚姻质量和性活动质量。"情趣用品"这个名字起得非常好，比叫"性用品"好。一方面比较含蓄，另一方面也非常贴切：人们使用情趣用品是为了提高性生活的质量，增加新鲜感，增加情趣。

情趣用品当中有一部分是虐恋人群使用的虐恋工具或玩

具。鞭子、手铐、项圈、皮衣这些虐恋类商品，大约能占到情趣用品的 25% 至 30%。由此可见喜欢虐恋的人群规模相当庞大。虐恋人群在使用情趣用品的人群中占比偏高还有一个原因，即虐恋活动是比较依赖情趣用品的，它不像寻常的性活动不需要太多的工具和玩具。玩虐恋需要多种多样的工具。记得有一次学术交流，加州大学著名虐恋研究学者葛尔·罗宾安排虐恋爱好者带我参观旧金山的虐恋用品商店，那是一个占据了两层楼的大卖场，五花八门的玩具琳琅满目、应有尽有。可以看出人们对虐恋有多么喜爱，市场需求有多么大。我甚至见到一个大铁笼子，就跟动物园的老虎笼子似的，有一些人玩虐恋时会玩囚禁、捆绑，要把人关在笼子里。各式各样的皮衣、皮具、马鞭更是花样翻新，无所不包。我看到过一个统计数据，在一段时间内，专营虐恋皮具生意的商家营业额每年都要翻倍。

　　情趣用品里当然包括各种各样的充气娃娃，男用的、女用的以及各种飞机杯。这些商品的畅销与需求旺盛有关。目前我国男女人口比例差别这么大，有三千万适婚年龄男子根本没有结婚对象，所以他们对情趣用品的需求属于刚需。自 2013 年日本生产出第一个性爱机器人之后，这个行业飞速发展，它比充气娃娃更像真人，市场前景更好。还有人从防止传染性病的角度看好情趣用品市场。市场经济的规律就是，只要有需求，就会有供给，无论从部分人的刚需增多还是从大众接受度的提高、观念上的改变来看，这个行业都有很大的发展前景。它的主要功能是为消费者提供一种能够帮助人宣泄性欲的干净、安全、健康的工具，我们可以对这个行业的发展寄予厚望。

**09**

# 如何解决性冷淡问题？

　　性和谐在婚姻里是一个重要的问题。在对婚姻质量的研究中会发现这样的情况：夫妻俩感情挺好，但是有一方是性冷淡，或男方性冷淡，或女方性冷淡。从统计数据看，女性性冷淡比较多发。婚姻中出现了这种情况应该怎么办？首先，两个人一定要沟通，不要羞于开口。尤其在男方没有兴致的时候，女方对开口要求的顾虑更多一些，羞耻感更重一些。因为在传统的男女双重标准的压力下，人们一般有女人根本不应该喜欢性事的观念，认为女人应该对性交持比较冷淡的态度，哪里有女人主动开口的道理呢？

　　有一年我做了一个北京市婚姻质量的调查，其中提出过这样一个问题：你认为女性可不可以主动提出性要求？这个调查大约是在二十多年以前进行的，那时风气还不开放，这个调查被人举报了，说怎么这样的问题也能问的。按照传统的反性禁欲逻辑，不仅女性不应该主动提出性要求，连这方面的问题都是不该问的。大众对这个提问的回答是：女性当然不可以主动提出性要求了，那还用说吗？这种问题怎么好意思提出来？

　　其实这种观念是相当陈旧的，会影响到婚姻的质量。夫妻性生活不和谐，为什么女性就不可以主动地提出性要求呢？确实见到有这样的案例，这个男人就是不想做，不管是他生理上有问题，还是他懒惰嫌累，总之他就是不愿意做，那女性的性欲就无法得到满足。应对这种情况，女性就应该主动与男性沟通。反之亦然，如果男性觉得女人太过性冷淡了，也应当去主动沟通，看一下问题出在哪里，对方为什么不喜欢做。

　　为什么在婚姻中性冷淡的女人往往多于男人呢？有一个重要原因是，性冷淡的女人是没有经历过快感的。也就是说，她的性欲还没有被开发、被启蒙。按照身体的生理规律，男性是能够自然而然得到性快感的。男性从小遗精，那时性欲还在潜意识阶段，根本没有上升到主观意愿的层面，他就已经能够获得性快感了。再长大一些，他只要能够射精，就自然知道性快感是什么，他能感觉到。但是女人却是在很偶然的情况下获得性快感的，有人是结婚很长时间之后才知道性快感的存在的。比如某次做得酣畅淋漓，正好触碰到阴蒂或 G 点，她才终于获得了快感。有的女人在生了孩子以后才知道有性快感这回事，之前她根本不知道。

如果女人没有获得过性快感，她当然就不会喜欢性活动，当然会性冷淡。性活动对她来说除了又累又麻烦什么也没有，她只会是这样的感觉。所以如果夫妻俩中是女性性冷淡，双方首先需要沟通，然后男性要想办法让她经历一次性快感。早年美国的性治疗家马斯特斯和约翰逊开办性治疗诊所的时候，所进行的大部分工作就是性快感缺失的治疗。他们采用的方法是夫妻双方到诊所去参加一段时间的训练和治疗，学会如何获得性快感。

中国目前也开设性门诊了，如果有需要，可以去寻求帮助。大多数夫妻不一定需要这种专业人员的帮助，可以尝试夫妻两个人互相沟通、探讨、摸索，解决问题应该不是很难。可以参照性指南，其中包括如何使女性获得性快感的内容。专业诊所的主要治疗手段之一就是自慰。女性不是不知道性快感、没经历过吗？用自慰的方式可以了解自己的身体，掌握获得性快感的方式和途径。一旦有了获得性快感的经历，她就不会再性冷淡了，两个人的性生活就和谐了。

一个统计资料显示，男性每次性交都可以有快感，女性却不是。女性通过单纯的性交得到的快感只占25%。可以想象一下，每做爱四次，女性才能获得一次性快感，所以性交为女性带来快感的概率比男性少很多。更多的女性获得快感的途径是自慰，有50%的快感是通过刺激阴蒂得到的。所以夫妻在做爱的时候，要注意刺激阴蒂。如果能够刺激阴蒂的话，女性就比较容易有快感，她就会喜欢性了，她就不会性冷淡了。

2014年的一个全国抽样调查统计资料显示，有80%的调查对象，包括男人和女人在内，不能正确地指出女性阴蒂的位置。这个统计结果的意义太重大了。它解释了为什么很多女性会不喜欢性，为什么会性冷淡，那是因为她连阴蒂在哪儿都不知道。连快感都不知道，都没经历过，她怎么能喜欢性呢？所以夫妻在这方面如果遇到困难，一定要想办法让女性先经历一次快感。经历快感以后，她就会提高对性事的兴趣，两个人的性生活就会比较和谐了。

在这个问题上，还有夫妻二人在性方面是否匹配、是否和谐的问题。如果想避免性的不和谐出现，两个人应当在婚前充分沟通一下，相互了解一下，双方对性是什么态度，有什么看法，期望的频率是每周几次，等等。比如男方认为应该每天一次，女方却觉得对自己最合适的是一个月一次，那双方的性生活就有不和谐的可能。大家应该事先就去找找跟自己观念、需求比较一致的伴侣。因为人的性欲其实是有高有低的，一个性欲高的人和一个性欲低的人在一起，不管是男高女低还是女高男低，都不合适，都不会匹配。那么在结婚之前，两个人应当充分沟通一下，了解对方的性欲望、性需求、性观念是什么样的。

举个例子，男方的愿望是越多越好，女方的愿望正好也是越多越好，这两人婚后就会比较和谐，两人是互相匹配的；男方不太喜欢这件事，一个月大概有两次就行，女方也恰好不喜欢，那么这两人也可以和谐相处。所以应当在婚前充分沟通，找到跟自己性欲匹配的人。

当然还有性方式的匹配，至少性倾向得匹配。为什么有同性恋者能找到一位异性结婚？因为他们事先没有充分地沟通。这个男人根本不喜欢女人，根本不喜欢与女人做爱，这个女人就同意跟他结婚了，结果成了同妻。再如，男人是喜欢虐恋的，但女人一点都不喜欢，这两人的性生活也不可能很圆满。性方式、性频率、性欲的指向，这些内容都应该充分沟通好再谈婚论嫁，这样才能在最大程度上避免婚后性生活的不和谐。

# 10
## 如何预防性病？

性病是那些通过性接触传染的病，也叫作性行为传播疾病。性病是影响公共健康最严重的问题之一，它主要包括淋病、梅毒、疱疹、非特异性尿道炎和阴道炎，等等。20世纪80年代，人们又发现了一种可怕的新性病——艾滋病，它在很长一段时间内是不治之症。最近有消息说，艾滋病有了疫苗。由于医学的进步，医疗水平的提高，巨额研究经费的投入，艾滋病已经不会立刻致死，病人的生命可以延长，艾滋病正在变成一种慢性病。但是无论如何，上上之选还是不得病。预防各种各样的性病不比任何事后治疗都要好些吗？

　　怎样做才能不得性病？我有三个建议。最早我在讲到一夜情、婚外恋这些事情的时候，好多人会问："你怎么提倡一夜情，你怎么提倡婚外恋？"后来我跟他们说，我不是提倡，我只是在研究它们。比如说像一夜情这种事，按照以前的法律是要抓起来判刑蹲监狱的，那时《刑法》中有一个罪名叫流氓罪，所有婚姻之外的性行为都在被抓之列。我的主张是，这些行为是不必判罪的，并不是提倡一夜情。在这里，我的三个建议全都不是从道德的角度提出的，而是从防病的角度提出的。站在预防性病的角度，我提倡三类行为：一类是熟人之间的性；一类是不交换体液的性；还有一类是禁欲。这三种性方式，从防病的角度看是最好的。

　　先说熟人的性。你的性伴是一个陌生人，这是一件非常危险的事情。性学研究已经发现，每增加一个陌生性伴，得性病的概率就会增加好几倍。所以如果你不想得性病，首先就不要去和陌生人做爱，因为你不了解他的性史，不知道他接触过什么人，不知道他有没有接触性病病源的经历。潜在的危险在于，当这个陌生人跟你说他没有性病时，可能连他自己也不清楚自己有没有性病或处于性病暴发的潜伏期。例如，HIV 就是艾滋病病毒阳性，艾滋病从感染到发病有长达十年的潜伏期，一开始没有什么症状，所以就连当事人都不知道自己是感染者。他以为自己没有感染，可实际上他已经是 HIV 感染者了。他不一定是有意骗你的，而是他本人不知道自己感染了，这样你就陷入到了危险之中，很容易被传染上性病。如果性活动发生在熟人之间，那就安全许多。双方知根知底，你知道他的性接触史，万一他感染了，你也容易知道。一般来说，夫妻是最熟的熟人了。假如夫妻中一人有了外遇，他向对方隐瞒了自己的性接触史，恰好外遇对象是性病感染者，那就有可能回去传给另一半。所以我的第一个建议是，性关系要尽量保持在熟人之间，不要和陌生人发生性关系，这是防病的一个主要手段。

其次是采用不交换体液的性方式。这个会比跟熟人发生性关系更加安全一些。就连夫妻都不能保证对方没有偷偷出去找过情人。一方已经感染了，另一方却并不知道。所以更安全的做法是完全不交换体液。这里一般指的是自慰和虚拟性爱。虚拟性爱包括网上的、电话电脑的、远程的性爱。某年广州的性文化节推出了一款专门为两地分居夫妻排忧解难的远程遥控软件，这个同样可以用在陌生人和非夫妻的性伴之间。你不了解他的性接触史，但你们可以远程做爱，你们没有交换体液，所以是绝对安全的。用这些软件再搭配硬件，就可以完成远程的虚拟性爱。或使用遥控软件，或两人使用视频加自慰的方式，也可以完成高质量的虚拟性活动，而此类活动站在预防性病传播的角度看是绝对安全的。

当然，如果要把得性病危险降低到零，那就只有禁欲。也就是说，你完全取消性活动，找点别的事干，那你就绝对不会得性病了。这种做法在 20 世纪 90 年代的西方曾风行一时，因为 20 世纪 80 年代发现的艾滋病把人们吓坏了，尤其是男同性恋群体。由于艾滋病最早在男同性恋群体中暴发，每天都发现有熟人、朋友去世，一片风声鹤唳，所以好多男同性恋者干脆禁欲，还穿上了申明禁欲的 T 恤衫。这种禁欲 T 恤衫成了流行一时的风尚。性学对 20 世纪 90 年代西方的性特征的概括是，其最主要的口号就是"安全的性"（safe sex），即使你做不到完全禁欲，也一定要有防护措施，防止得性病。

终　章

我们应当如何看待生命

# 01
## 我们为什么会忽略快乐的价值？

凯鲁亚克的《在路上》这本书在文学史上的地位仅仅次于塞林格的《麦田里的守望者》。《纽约时报》把该书的出版称为一个具有历史意义的事件。这本书面世以后，美国才开始把"垮掉的一代"作为一个问题提上议事日程。据说现在有了这本书改编的新电影，是一部公路片，标题就是《在路上》。

大家都知道20世纪70年代出现了垮掉的一代。什么是垮掉的一代，他们的主要观点是什么？他们认为，人在世界上是绝对孤独的，活着是一种痛苦，个人在宇宙和人世面前是绝对无能为力的，人能够把握的只有当前，过去和未来对个人来说都是不存在的。各种所谓的人生目的和人类理想都是自欺欺人的，人生完全是无意义的。所有那些成家立业、生儿育女、劳动工作的人都是疯子。除了疯子，没有人能够以严肃的态度对待生活。

听到这本书的主题立意就知道它为什么会这么出名了，因为它触到了我们每一个人在人生的某一阶段会碰上的问题，那就是对人生意义的追问。

书中的主人公是非常疯狂的。他开车横跨美国大陆，一路上除了和别人性交就是狂喝滥饮，最后还到了墨西哥。书中有这样一句话："在我心目中，真正的人都是疯疯癫癫的。"

这本书里提到，大多数人的人生都是在东奔西走的忙乱当中度过，最终就像一颗流星那样坠落了。主人公是一个青年，他在世界上驾着车无目的地走。为什么叫垮掉的一代？因为他们生长在温饱无虞的时代，随便找份工作就可以养活自己。书中写过，男主人公在车场帮人泊车，随便挣一点钱就可以糊口。在温饱问题解决之后，他想要寻找其他的人生目标和意义。然而，个人是那么渺小，没有什么事需要他来操心，他什么也改变不了。

其实这正是大多数普通人的处境，尤其是在我们很年轻的时候。假如你是一个大政治家，也许你能改变点什么，但你只是一个二十郎当岁的小青年，你能改变什么？有的人会觉得一切都很美好，有的人则觉得眼前的世界一无是处。这本书传达了一种人生观，一种虚无主义色彩非常重的人生观。它诉说了人生的无意义，人生的空无。对中国人来说，这种想法并不是很陌生的，因为佛教里也一直在讲四大皆空。空的感觉一直在那里，人只不过是一粒宇宙尘埃。如果你这样想，死亡也会变得不那么可怕。

虽然对世界的极端乐观看法和极端悲观看法都是以偏概全的，但是在我的有生之年，我宁愿选择前者，不愿选择后者。我宁肯把一切都看得美好一点，这样至少能落得心情愉快。因为无论你心情愉悦，还是心绪烦乱，事情该是怎样还是怎样。与其每天活得气急败坏，不如每天活得兴高采烈。我认为作者表达了这样一种心情，就是一切都很美好，什么事都不用操心。

有些道理，人年轻的时候体会不到，到了一定的岁数就能体会到。比如有这样一句话叫作"太阳底下无新事"，你所遭遇到的一切事情都曾经在别人身上发生过。世界就像一条大河，浩浩荡荡，奔流不息，在上游和下游都是一样的，在远古和今天也都是一样的，一切只是重复，并没有新事发生。虽然重大的社会变迁看上去有些不一样，但其实质还是一样的。这就是作者所说的："我过去所知道的一切，和今后可能知道的一切全都一样。"这是一个对世界的比较透彻的看法。

书里还有一种观点：及时行乐。我觉得这个想法挺有趣的。这本书在表达一种及时行乐的人生观。生命没有意义，及时行乐是唯一正确的选择。

记得有一位外国学者，他在考察了中国之后发出了这样的感叹：中国人活得太累了，他们的人生似乎只由两个词组成，一个是成功，一个是拼搏。这位学者说："我纳闷的是，他们连快乐都感受不到，却想追求幸福。"

在中国，快乐的确是一种被忽视的价值。"享乐主义"这个词在中国的文化和语境中从来都是贬义词，去查一查文献，大家都在批判享乐主义。其实，批判享乐主义是特别奇怪的一件事，难道人生不是要追求快乐，而是要追求受苦吗？中国文化有种为了受苦而受苦的味道，大家认为受苦是特别圣洁、特别正面的一个人生价值，而"享受"这个词却很糟糕。在中国人的心目中，"享受"这个词永远是一个负面的词，是个贬义词。社会的心理不能，也不愿去理解，人居然喜欢享受，居然想追求快乐，而不是去受苦受难。我猜，这是因为大多数人一生都浸泡在苦难之中，所以觉得快乐太奢侈了，所以形成了这样一种崇尚受苦、贬低快乐的人生观和价值观。我认为，我们对这种价值观是应当存疑的。

## 02
## 什么是合理的利己主义？

我是在很年轻的时候读到车尔尼雪夫斯基的《怎么办？》的，当时觉得非常喜欢。那时的我正好处于世界观形成的时期，正在探索我这一生应当走什么样的道路、做什么样的人、过什么样的生活。就在这时，我看到了这本书。

据说列宁对作者的评价特别高，说他是唯一真正伟大的俄罗斯作家。《怎么办？》是列宁的枕边书。其实依照文学标准来看，这本书确实算不上什么文学名著，至少不能算一部经典的文学作品，但是它作为当时革命青年的人生观指南还是够格的。我是这样评价这本书的：它文学价值不太高，作为人生教科书的价值更高一些。

《怎么办？》讨论了当时大家非常关注的一些问题，对探索人生道路的青年是有帮助的。这部小说的副标题叫作"新人的故事"，描绘了一种史无前例的、全新的人。他们是什么样的人呢？他们是投身于人类最伟大事业的人，他们的工作和生活是为了人民的幸福，但同时他们又是全面发展的、有自由意志的人，是道德高尚的人，是新时代的英雄。他们是来自人民，服务于人民的劳动者。他们找到了一条通往先进科学和崇高社会理想的道路，他们是职业革命家，而这个职业给了他们最大的满足和幸福。他们在为先进理想献出一生的时候，并不认为这是一种牺牲。

作者提出了三种人生的模式：

第一种人生模式是宗教的，主张牺牲，要求人为了违反其天性的义务而压抑自己，克制自己的欲望；第二种人生模式是世俗的，完全不主张牺牲，反而认为人不为己天诛地灭，为自己的利益不惜损害他人的利益；第三种人生模式既是自私的又是忘我的，它不是建立在不合理的义务和强制的基础上的，而是建立在高度的个人及社会自觉的基础上。

　　这第三种人就是车尔尼雪夫斯基所说的新人。这些新人到底是些什么样的人？他们可以为了人类的进步和他人的福祉牺牲个人的物质享受和利益，但是对他们来说，这并不是强制的牺牲，而是崇高和快乐的牺牲。这种立场在书中被叫作"合理的利己主义"。

　　什么叫合理的利己主义？

　　它不是用理智来压抑感情，也不是一味地束缚人的个性，而是追求每个人的全面发展。它不是一种完全的利他主义。当这第三种人做利他的事情时，同时也能给自己的心灵带来快乐，因此它既是利他的，又是利己的。

　　记得书中有这样一个情节：有一对恋人，女人又爱上了另外一个男人，为了成全这个女人，她的男友主动退出了。如果按照一般人的逻辑看，这个男人就是利他主义的了，可在这部小说中，这个男人的做法就被解释为合理的利己主义。意思是说，当他做出这样利他的行为的时候，他的内心是快乐的，他是心甘情愿的，所以这不是单纯的利他主义，而是合理的利己主义。车尔尼雪夫斯基的这种观点在当时的俄罗斯社会的思想背景当中被认为是做人的最高境界，因此他这部小说被视为革命青年的教科书，被视为革命道德的百科全书。

虽然这本书在文学史上的地位并不高，但是对正在寻找人生道路和生活伦理的年轻人来说，它是一本非常好的书、一本无与伦比的伦理教科书。

书中所倡导的这种合理利己主义道德观对我的人生伦理观产生了很大影响。令我印象最深的是小说塑造的一位神秘人物拉赫美托夫。他是一个典型的革命者，书中有这样一个细节：他为了锻炼自己的意志，睡在钉板上。很极端，也非常理想主义。

在此我想引用书中一些对爱情伦理的论述。例如，书中提到，所谓爱就是"我宁可死，也不愿引起他的痛苦的热爱；我宁可死，也不允许这人为我做什么事，除了他自己愿意做的以外；我宁可死，也不允许他因我而勉强他自己，压制他自己"。这正是前文我们讲到的合理利己主义，真正的爱情是绝对不会压抑对方的，如果让对方感觉到压抑，我宁可舍弃。

书中还提到："凭着利害打算，凭着责任感和意志的努力，而不凭着天性的爱好所做出来的事，终归是别扭的。所谓爱情就是因为所爱的人的快乐而快乐，痛苦而痛苦。"也就是说，无论是出于利害的考虑，还是出于责任的考虑，都不是爱情。双方融为一体的关系才是爱情。有很多人的亲密关系最后完全蜕变为责任和义务，那就不是真正的爱情了。

另外，关于睡钉板的那个拉赫美托夫的部分，我来多引用一点："拉赫美托夫给自己立下一条规则，不要任何奢侈品与幻想，而专门读那些必需的书。每种学科的重要著作是很少的，其他著作不过是把这少数著作里说得更充分而清楚的话加以重复、冲淡和损害罢了……他仅读那具有独创性的东西，并且只要理解了这独创性就不再多读。他所念过的每本书都是最精彩的，免得多读好几百本书。他又遵守一条原则：不在次要的工作和次要的人身上浪费光阴，而单注意那主要的。除朋友之外，仅同那些能影响别人的人结交。如果不是某些人心目中的权威，那跟他谈一次话也不可能。而他存心交结的那些人费尽千方百计也避不开他。……有了他们，人类生活才能够欣欣向荣；没有他们，人的生活就会凋萎、腐烂。他们人数虽少，却能让人人呼吸；没有他们，人们便会窒息而死。正直善良的人随处皆是，这种人却寥寥无几。这是优秀人物的精华，这是原动力的原动力，这是世界上的盐中之盐。"

拉赫美托夫这个人当然非常极端，像睡钉板这种事情哪有人能够真正地去效仿？但是这位拉赫美托夫的作风对我影响深刻而长久：只读最重要的书，只做最重要的工作，只见最重要的人；不读次要的书，不做次要的工作，不见次要的人。这样才能过高质量的生活。这个车尔尼雪夫斯基塑造的虚拟人物对我后来的人生哲学产生了重大的影响，我把我的人生哲学概括为采蜜哲学：人的生活应当像蜜蜂采蜜那样，只撷取花中精华，不要去多关注其他的，不要什么都想要。这样的话你就能够省下大量的时间和生命，而且你的生活质量会非常高，你会快乐，你不会把时间浪费在那些痛苦的事情上。

最后我来引一段书中对美好未来的憧憬："每个人都可以随心所欲地生活。这正是我努力的方向，我永远专为这个目标工作——未来是光明的，美丽的。爱它吧，向它突进，为它工作，接近它，尽可能地使它成为现实吧。你们越能够实现得多，生活就越光明而美好，生活中的欢乐和享受也就越丰富。"

　　这本书之所以能够成为当时青年的人生教科书，是因为它倡导这样一种非常积极美好的生活方式，并且希望社会变得更加合理。在我看来，最合理的社会就是每个人都可以随心所欲地生活于其中的社会，任何对人的欲望的压抑都是社会制度不够合理的表现。当然，个人欲望满足的界限要以不伤害他人为底线，每个人的自由要以不伤害他人的自由为底线。

# 03

## 我们应当如何看待生命？

奥勒留是罗马的一个皇帝。公元2世纪，他写了《沉思录》。这本书薄薄的，大概也就一两万字，但是给人留下的印象非常深刻。

很少有这样的皇帝。一提起皇帝，大家都觉得他首先是个政治家，是个统治者，甚至是个独裁者。中国的皇帝有两类，一类雄才大略、励精图治，比如秦始皇、雍正帝；另一类成天沉溺于酒色，不理朝政。奥勒留与这两类皇帝都不同，他有一种哲学家的味道，因此有人称他为哲学王。

《沉思录》里谈到了很多他对人生的想法，他的地位很特殊，但他像一个哲学家那样宏观地观察人生和世界。他抒发了很多感慨，比如人们在那儿拼命地追名求利，可人还是会死，周围的人最终一个一个死去。每当有人死去，他都会感慨一番，感叹生命的短暂，感叹人生的空无。我觉得从这本书来看，他就像一个生命哲学家。

哲学家有不同的类型，像黑格尔那类哲学家会构筑一套认识论或本体论的哲学体系。奥勒留不是那样的哲学家，他的哲学属于生命哲学，谈的是他对生命的想法和体验，非常能够打动人心。我是一个比较喜欢生命哲学的人，在很年轻的时候，我就开始倾心于"怎样度过生命""怎样看待生命""生命到底有没有意义"一类的问题，总是在想这些问题。当你总是在想这样一些问题的时候，就会注意到曾经用心思考和回答过这些问题的先哲，就会不知不觉关注他们的书。《沉思录》对我来说就是这样一本书。

奥勒留从他自己的生命感触出发，对人生进行了超越皇帝身份的思考。他从日常的世俗政务中跳出来，用宏观视角来俯瞰生命。除此之外，他还讲了很多为人处世的道理，比如有一

次他讲到：要尽量少做事，只做必须做的事。我觉得这个想法
跟现代人的工作哲学是大相径庭的，我们从小受到的教育是：
你这一辈子要尽量多做事儿，要努力，要勤奋，要一刻不停地
去工作学习，把所有的时间都填满。这样你才能够在生命中有
所建树，你才能够考上一个好大学，你才能够找到一份好工
作，你才能够成就一番事业，出人头地，成为一个人物。这是
很多人对生命的看法。

　　奥勒留为什么说要尽量少做事，只做必须做的事呢？这到
底是一个什么样的想法呢？

　　哲学家福柯也说过类似的话：有很多的工作要做是可耻
的。记得有一次我写了一个博客，引用了奥勒留的话，引用
了福柯的话，说有很多的工作要做是可耻的。当时我在中国
社会科学院社会学所工作，我的这篇博客引发了争议，大家
都很惊讶。记得当时我们所的一位副所长跟我说："你今天写
的这个是什么意思呀？你怎么能说有很多的工作要做是可耻
的呢？"的确，这跟我们一向所接受的人生观是很不一样的，
我们只能听到这样的说法：如果一个人找不到工作是可耻的，

如果他的工作没做好是可耻的，从没听说过有很多的工作要做是可耻的。

隐居山林的梭罗也是这么做的，他不去工作就业，一个人跑到瓦尔登湖边，在那儿自耕自食两年，这使得他自己有大量的闲暇时间跟自然在一起。如果你的人生中需要花大量的时间、大量的生命去谋生，你就没有时间去享受生命的美好和宁静了。

叔本华有一次也讲过这样一个道理，我把它称为人生的钟摆理论：人在生存需求得不到满足的时候，就会觉得痛苦。你必须得去特别辛苦地挣钱，养家糊口，于是你就很痛苦。一旦所有的需求都满足以后，人就变得无聊，就失去了生活的目标。人生就像一个钟摆，在痛苦和无聊当中摆来摆去。叔本华的人生钟摆论与奥勒留的结论相似：如果你不得不把很多的时间花在谋生上面，你的生命是痛苦的，甚至可以说是可耻的，你没有心情也没有时间去享受生活。我在自己的生命中领会到了奥勒留这种尽量少做事的想法，那就是花尽可能短的时间使自己摆脱谋生的需求，腾出时间，腾出生命去做自己想做的事，去做能够满足自己生命的、真正需要的事情，去享受你的人生，去享受你的生命。

奥勒留的《沉思录》里面都是这样的思想和话语，这是对生命的一种比较彻底的思索，是真诚地、勇敢地直面惨淡的人生的态度。我记得年轻的时候，关于"应当直面惨淡人生"这个想法最早是从鲁迅的书里看到的：真的猛士应当直面惨淡的人生。当时我岁数太小，眼前还是一片花红柳绿蓝天白云，不明白人生为什么会是惨淡的，也根本想不到人生能够是这个样子的。但当人有了一定的阅历以后，就会明白人生真的是非常惨淡的，人需要有强大的勇气来直面这种生活。

从宏观上看，生命是如此短暂，满打满算只有三万多天。生命又是偶然的。你生到这个世界是偶然的，这是存在主义的核心理论之一。你要是真敢面对生命是偶然的这一点，真敢承认这一点，你就不得不再承认一个残酷的事实：人生归根结底是没有意义的。你就像一粒宇宙尘埃，很偶然地落到了这个世界上。人就活这么短短的一段时间，生命能有什么意义呢？我想，一个真正参透的人，一定能够清醒地意识到这一点，并且敢于面对人生的无意义。这才是真正的参透。其实我喜欢奥勒留的《沉思录》，就因为它是一种参透。奥勒留把人生参透了。在参透之后，人才能获得自由，才能自由地去做自己想做的事，而不是一生浑浑噩噩地去做那些不得不去做的事。

**图书在版编目（CIP）数据**

李银河谈亲密关系 / 李银河著 . -- 长沙：湖南文艺出版社，2021.8
ISBN 978-7-5726-0279-5

Ⅰ.①李… Ⅱ.①李… Ⅲ.①散文集－中国－当代
Ⅳ.① I267

中国版本图书馆 CIP 数据核字（2021）第 143330 号


上架建议：畅销·文学

LI YINHE TAN QINMI GUANXI
**李银河谈亲密关系**

作　　者：李银河
出 版 人：曾赛丰
责任编辑：匡杨乐
监　　制：董晓磊
特约策划：张婉希
特约编辑：潘　萌
营销编辑：秦　声　王咏坤
版式设计：李　洁
封面设计：尚燕平
内文排版：百朗文化
出　　版：湖南文艺出版社
　　　　　（长沙市雨花区东二环一段 508 号　邮编：410014）
网　　址：www.hnwy.net
印　　刷：三河市天润建兴印务有限公司
经　　销：新华书店
开　　本：875mm×1230mm　1/32
字　　数：124 千字
印　　张：8.5
版　　次：2021 年 8 月第 1 版
印　　次：2021 年 8 月第 1 次印刷
书　　号：ISBN 978-7-5726-0279-5
定　　价：59.80 元


若有质量问题，请致电质量监督电话：010-59096394
团购电话：010-59320018